엉뚱발랄 개성만점
우리 도깨비

최래옥 지음 | 송진욱 그림

어린이
나무
생각

도깨비는 어디에나 있다!

나는 도깨비가 있다는 것을 어려서부터 지금까지 믿고 있어요. 도깨비에 대하여 아는 바도 좀 있어서 사람들에게 알리기 위하여 글도 쓰고, 강연도 더러 했지요. 도깨비 그림도 그려 보았지만, 맞게 그렸는지 자신할 수는 없어요. 하하하!

나는 도깨비를 소재로 한 우리나라 옛날이야기도 많이 조사했어요. 그래서 어떤 사람들은 나를 '도깨비 박사'라고 부르기도 해요. 딴에는 도깨비를 잘 아는 것이 우리나라 사람을 잘 아는 길이라고 믿고 있어요. 조사해 본 몇 가지 사실만 말해 줘도 고개를 끄덕이는 사람이 많을 거예요.

도깨비는 세계에서 우리나라에만 있는 아주 특별한 존재예요. 그래서일까요? 입에서 입으로 전해지는 도깨비 이야기를 보면 어딘지 친근하고, 도깨비들이 하는 말이나 행동도 낯설지 않아요.

　도깨비는 밤에 길에서 사람을 만나면 아무나 보고, "여보게, 김 서방, 막걸리 한잔 하세.", "여보게, 김 서방, 나하고 씨름 한 판 하세."라고 말을 건다고 해요.

　우리나라에 김씨 성을 가진 사람이 대단히 많아서 도깨비는 복잡하게 생각하지 않고, "여보게, 김 서방!" 하고 부르면 다 통한다고 여기지요.

　또 우리나라 사람은 막걸리를 좋아해요. 막걸리는 우리나라 사람들이 아주 오래전부터 즐겨 마신 대표적인 전통술이에요. 그러니 도깨비가 막걸리를 좋아하는 것도 당연해요.

　우리나라 사람은 씨름을 좋아해요. 그래서 도깨비도 처음 만나는 사람 허리춤을 잡고 다짜고짜 씨름을 하자고 졸라 댄답니다.

　김 서방과 막걸리와 씨름은 우리나라를 대표하는 것이에요.

그렇다면 김 서방과 막걸리와 씨름을 좋아하는 도깨비도 우리 나라 사람의 습성을 그대로 가지고 있다고 보면 되겠죠?

예전에 MBC에서 도깨비를 주제로 특집 방송을 한 적이 있는데, 방송에서 나는 이런 도깨비의 성격을 자세히 풀어서 이야기를 했어요.

요즘 사람들은 너무 똑똑해서 무엇이든 찬찬히 훑어보고 확인하고 나서야 믿곤 해요. 그래서 예전부터 우리나라 사람들이 친근하게 여기고, 좋아하고, 또 무서워하기도 하고, 웃음거리로 삼기도 한 도깨비의 존재에 대해서 의심을 해요. 옛날 어른들은 도깨비를 잘 알고, 꽤 좋아하였는데 말이죠.

도깨비라는 말이 완전히 사라진 것도 아니에요. 우리 주변을 보면 지금도 도깨비시장, 도깨비골목, 도깨비집, 도깨비기와, 도깨비놀음, 도깨비부채 등등 도깨비라는 말을 많이 쓰고 있어요. 도깨비와 관련된 속담도 많지요. 도깨비의 흔적이 곳곳에 남아 있다는 증거랍니다.

제가 어린이들을 위해 이 책을 쓰기로 마음먹은 이유도 여기에 있어요. 한국 사람이 도깨비를 몰라서는 안 되니까요. 도깨비는 어린이 친구들에게 바른 마음을 알려 주기도 하고, 엉뚱

하고 재미난 생각과 상상력까지 더해 주는 아주 멋진 친구랍니다.

  나에게 이렇게 묻는 어린이들이 있을지도 몰라요.
"정말 도깨비가 있어요?"
"도깨비가 있다는 것을 증명할 수 있어요?"
  그럼요. 증명할 수 있고말고요. 그래서 지금부터 사람들 사이에서 오래 살아온 도깨비 이야기를 여러분에게 들려주려고 합니다. 귀를 쫑긋 세우고 잘 들어 보세요.

도깨비 박사 최래옥
(최 선생이라고도 함)

차례

나야 나, 도깨비
도깨비, 너의 정체를 밝혀랏!

산속 동굴이나 폐가, 옛 성, 큰 고목 등에 산다고 알려진 도깨비는 어둑어둑한 저녁이나 밤에 주로 활동해요.

도깨비 하면 가장 먼저 떠오르는 건 바로 초인적인 힘, 초능력이에요. 어떤 물건이라도 깃털처럼 가볍게 들어 올릴 수 있고, 사람이나 물건을 들고 담벼락이나 지붕을 넘어 다닐 수도 있어요.

또 신기한 환상을 만들어 내기도 하고, 도깨비방망이로 돈과 보물을 뚝딱 내놓기도 하고 황소를 지붕에 올리기도 하고, 코를 길어지게도 하고 줄어들게도 할 수 있어요. 투명 인간처럼 모습을 감출 수 있는 도깨비감투도 있지요.

도깨비는 사람들에게 친숙하고 오래된 빗자루나 절굿공이, 도리깨 등이 변한 것이라고 해요. 가끔 일본의 요괴 '오니'와 헷갈리는 사람들이 있는데, 우리나라 도깨비는 덩치와 키가 크고, 머리는 산발이고, 뿔이 없어요.

사람들 앞에는 여러 가지 모습으로 나타나곤 하는데, 팔다리 있는 인간의 모습으로도 나타나고, 사발 깨지는 소리, 기왓장 깨지는 소리 같은 요상한 소리로도 나타나고, 하늘을 둥둥 떠다니는 불덩어리로도 나타난답니다.

성격은 어떠냐고요? 착하다, 나쁘다, 어느 한쪽으로 딱 말할 수는 없어요. 때로는 심술궂은 장난을 치고 때로는 어려운 처지에 빠진 사람을 돕기도 하니까요. 못된 마음을 가진 사람을 혼내 주기도 해요. 또 한 가지, 아주 단순하고 우둔해서 사람들한테 쉽게 속기도 해요.

좋아하는 음식이 뭐냐고요? 수수범벅, 메밀묵, 막걸리만 준다고 하면 뭐든 할 정도예요. 영혼이 있다면 벌써 백 번도 팔아넘겼을 거예요.

도깨비는 씨름도 좋아하고 내기도 좋아해요. 씨름이나 내기를 해서 지면 몹시 분하다고 하지만 깔끔하게 패배를 인정하는 편이에요. 문제는 다음 날도, 그다음 날도 또 찾아와서 씨름하자, 내기하자 조른다는 거예요.

어딜 가면 도깨비를 만날 수 있냐고요? 글쎄요. 옛날 같으면 산속 빈집에서도 만나고, 으슥한 다리목이나 언덕배기에서도 만나고, 장터에서도 만나고, 잠자고 있을 때, 밭에서 일할 때 도깨비가 불쑥 찾아와 내기를 하자고 했다는데 요새는 어떨지 모르겠네요. 그래도 밤중에 늦게 자는 친구들에게는 불쑥 놀자고 찾아올지 모르니까 일찍 자라고 말해 주고 싶네요.

특급 아이템은
도깨비방망이

도깨비방망이만 있으면
뭐든 뚝딱!

도깨비들이 들고 다니는 도깨비방망이는 원하는 물건을 만들어 내는 요술봉 같은 도구예요. 나무망치, 떡메, 도리깨, 홍두깨 같은 모양이랍니다. 일본의 오니들이 들고 다니는 뾰족뾰족한 방망이와는 약간 다르게 생겼지요. 괴상망측한 방망이가 아니라 어디에서나 볼 법한 방망이 모양이랍니다.

도깨비방망이를 이용해 도깨비들은 떡이든 밥이든 돈이든 보물이든 필요한 것을 뚝딱뚝딱 만들어 내요. 가끔 못된 마음을 먹은 사람을 만나면 도깨비방망이를 두드려 천 리밖으로 날려 보내기도 하고, 코를 쑥 길어지게도 하고, 흠씬 두들겨 패기도 한답니다.

기능만 놓고 보면 천하무적, 특급 아이템이라 할 만하죠. 그래서일까요? 옛이야기를 보면 도깨비방망이를 득템하여 큰 부자가 된 사람도 있고, 못된 마음으로 훔치거나 잘못 사용하여 크게 혼쭐난 사람도 있어요. 아무리 좋은 아이템이라도 바른 마음으로 사용해야 한다는 걸 알 수 있어요.

금 나와라 뚝딱! 은 나와라 뚝딱!

옛날 옛적 어느 산골 마을에 갑득이와 만득이라는 나무꾼이 살았어요. 하루는 갑득이가 산에 가서 열심히 나무를 하는데, 개암나무 열매 하나가 도르르 굴러왔어요. 개암은 도토리랑 비슷하게 생겼는데, 그보다는 조금 납작한 열매예요. 깨물어 먹으면 속살이 밤 맛 같지만, 그보다는 더 고소해요. 산에서 나무를 하다가 배고프면 날것으로 먹기도 하지요.

갑득이는 개암을 주워 주머니에 넣으며 말했어요.

"이건 아버지 잡수시라고 갖다드려야겠다."

그러고 있는데, 개암 하나가 또 굴러왔어요.

"이건 어머니 잡수시라고 갖다드려야겠다."

그러고 있는데, 개암 하나가 또 굴러왔어요.

"이건 우리 부인 먹으라고 갖다줘야겠다."

그러고 있는데, 개암 하나가 또 굴러왔어요.

"이건 우리 아들 갖다줘야지."

그러고 있는데, 개암 하나가 또 굴러왔어요.

"이건 내가 먹어야겠다."

잠시 뒤 갑득이는 나뭇짐을 한 짐 묶어서 산을 내려갔어요. 그런데 갑자기 소나기가 후드득 쏟아지지 뭐예요? 잠시 비를 피할 곳을 찾아보니 외딴곳에 집이 한 채 보였어요.

"아, 저기 집이 하나 있구나. 가서 비를 피하자."

들어가 보니 집 안이 꽤 넓었어요. 잠시 숨을 고르려는데, 별안간 우당탕 발소리가 들렸어요.

"사람이 살지 않는 집인 줄 알았는데 집주인이 있었나? 그냥 있으면 도둑으로 몰릴 테니, 얼른 천장으로 피해야겠다."

갑득이는 천장에 있는 대들보로 올라가 몸을 딱 붙이고 아래를 내려다보았어요.

그런데 집 안으로 들이닥친 집주인은 사람이 아니라 도깨비들이었어요. 갑득이는 속으로 깜짝 놀랐지요. 제 발로 도깨비 소굴에 들어왔으니 얼마나 무서웠겠어요?

"비가 오니 속이 출출하구나. 우리 걸게 차려 먹자꾸나."

도깨비 대장이 말했어요.

다른 도깨비들도 좋다면서 품속에서 각자 도깨비방망이를 꺼냈지요.

"금 나와라 뚝딱!"

"은 나와라 뚝딱!"

도깨비방망이를 두드리자 금과 은이 쏟아져 나왔어요.

"밥 나와라 뚝딱!"

"국 나와라 뚝딱!"

"고기 나와라 뚝딱!"

도깨비방망이가 먹을 것을 쏟아 내자 밥상이 뚝딱 차려졌어요. 도깨비들은 음식을 산처럼 수북이 쌓아 두고 우적우적 먹어 댔어요.

대들보에 엎드려 있던 갑득이도 슬슬 배가 고팠어요. 고소한 냄새가 집 안에 진동해 참을 수가 없었지요. 그때 주머니에 든 개암이 생각났어요. 그래서 개암을 하나 꺼내 깨물었지요.

"딱!"

생각보다 큰 소리가 나서 갑득이는 깜짝 놀랐어요. 그런데 더 놀란 건 도깨비들이었나 봐요.

"지붕이 무너지려나 보다!"

도깨비들은 혼비백산하여 우당탕 집 밖으로 뛰쳐나갔어요. 먹던 밥이고, 도깨비방망이고 다 내버리고 도망쳐 나갔지요.

그때를 틈타 갑득이는 대들보에서 내려온 뒤 도깨비방망이 하나를 주워 들고 부리나케 산을 내려왔어요.

집으로 돌아온 갑득이는 도깨비들이 하던 것처럼 도깨비방망이를 두드리면서 외쳤어요.

"금 나와라 뚝딱! 은 나와라 뚝딱!"

말하는 대로 금이며 은이며 쌀이며 쏟아져 나왔어요. 그 덕분에 하룻밤 사이 갑득이는 큰 부자가 되었답니다.

다음 날 이웃에 사는 만득이가 눈이 휘둥그레져서 갑득이에게 별안간 어떻게 부자가 되었는지 물었어요.

"다 도깨비방망이 덕분이지. 어제 산에 나무를 하러 갔는데, 개암이 하나 떨어지더란 말이야……."

갑득이가 차근차근 설명하려는데, 성질 급한 만득이가 말을 재촉했어요.

"이보게, 개암 따위 필요 없고 도깨비방망이를 어떻게 얻었는지나 말해 보게."

갑득이는 하는 수 없이 어제 겪은 일을 대강 알려 주었어요. 갑득이의 말이 끝나기가 무섭게 만득이는 지게를 메고 산으로 달려갔어요.

소나무 숲에 가서 만득이가 나무를 하는데, 개암 열매 하나가 도르르 굴러왔어요. 만득이는 개암 열매를 주워 주머니에 넣으며 말했어요.

"이건 내가 먹어야지."

이어서 또 개암 하나가 굴러왔어요.

"이건 우리 아들에게 갖다줘야겠다."

이어서 또 개암 하나가 굴러왔어요.

"이건 우리 부인 갖다줘야지."

이어서 또 개암 하나가 굴러왔어요.

"이건 어머니에게 갖다드리자."

이어서 또 개암 하나가 굴러왔어요.

"이건 아버지에게 갖다드리자."

그러고는 나뭇짐을 묶어 지게에 지고 사방을 둘러봤어요.

'도깨비 집은 어디에 있나?'

때마침 소나기가 후드득 쏟아졌어요. 그때 갑득이가 말한 대로 외딴곳에 있는 집 한 채가 보였지요. 만득이는 곧장 그 집으로 들어가서는 대들보 위로 올라가 납작 엎드렸어요.

조금 있으니, 우당탕 소리와 함께 도깨비들이 집 안으로 들이닥쳤어요. 그러고는 품에서 도깨비방망이를 꺼내 상을 푸짐하게 차렸지요. 만득이는 신이 났어요.

'갑득이가 이때 개암을 딱 깨물었다고 했지?'

만득이는 도깨비들이 다 듣도록 개암을 세게 깨물었어요.

"딱!"

그런데 도깨비들이 도망을 가기는커녕, 소리가 나는 쪽으로 죄다 고개를 돌렸어요. 그리고 그중 제일 날쌘 도깨비가 대들보로 뛰어올라 만득이를 잡아 바닥에 메다꽂았지요.

"이놈! 우리 방망이를 또 훔치러 왔느냐?"

만득이는 변명을 했어요.

"아닙니다. 저는 어제 여기에 오지 않았습니다. 어제 온 사람은 제 친구 갑득이올시다."

"누가 됐든 다 같은 사람이지 않느냐?"

만득이는 새파랗게 질려 싹싹 빌었어요.

"아이고, 잘못했습니다. 부모님도 계시고 부인과 자식도 있습니다. 제발 살려 주십시오."

그러자 도깨비 대장이 말했어요.

"흥! 이럴 때만 부모 챙기고 처자식 챙기느냐? 너 같은 놈은 죽을 만큼 고생을 하면서 살아야 한다. 저놈의 코를 잡아당겨서 길게 늘어뜨려라. 그래야 다른 사람들도 보고 다시는 똑같은 잘못을 하지 않을 것이다."

만득이는 겨우 살아서 도깨비 집을 빠져나왔지만, 코가 석 자나 길어져 평생을 고생하며 살아야 했답니다.

최 선생 강평

만득이는 먹을 것이 생겨도 부모보다 자신을 먼저 챙겼고, 자기가 살려고 친구의 이름을 냉큼 팔아먹었어요. 무엇보다 노력하지 않고 부자가 되려는 마음이 불량했지요. 우리 마음에도 만득이 같은 마음이 있지 않은지 살펴야겠어요.

감쪽같은
도깨비감투

도깨비감투만 있으면
나도 투명 인간

도깨비들은 대체로 저녁이나 밤에만 다니는데, 도깨비감투를 쓰면 모습을 감쪽같이 감출 수가 있어 낮에도 사람들 사이를 다닐 수 있어요. 도깨비들은 사람들을 꽤 좋아한다고 했지요? 사람들이 어떻게 사는지도 들여다보고, 이런저런 참견도 하려면 도깨비감투가 필수 아이템이에요.

물론 모습을 감추지 않고 그대로 다닐 수도 있겠죠. 하지만 심장이 약한 사람들이 보면 놀라서 기절할지도 몰라요. 덩치는 우락부락하고, 머리는 산발이고, 옷은 헐벗다시피 한 도깨비가 눈앞에 있다고 생각해 봐요. 게다가 도깨비도 마음대로 돌아다니고 장난도 치고 싶을 텐데, 모습을 드러내 놓고 장난을 치다가는 여기저기서 시비가 붙을지도 몰라요.

단, 도깨비감투를 쓰면 못된 짓을 하지 말아야 해요. 못된 짓을 하면 도깨비감투 끝이 점점 닳아서 붉은 점이 보인다고 해요. 자기는 모습을 감췄다고 생각하는데, 공중에 붉은 점이 둥둥 떠다녀서 곧 정체를 들키게 된답니다.

도깨비감투를 잃어버린 도깨비

도깨비들은 대개 사람이 볼 수 없는 밤에만 활동하지만 간혹 낮에도 사람 사는 곳을 기웃대며 재미난 일을 찾을 때가 있어요. 이때는 머리 위에 도깨비감투를 써서 몸을 보이지 않게 해야 해요. 사람들이 도깨비를 보면 깜짝 놀라니까요.

어느 여름철, 도깨비감투를 쓴 도깨비가 동네 구경을 갔다가 정자에서 사람들이 도깨비감투에 대해 말하는 것을 들었어요.

먼저 가난뱅이 이 생원이 말했어요.

"나는 도깨비감투만 있다면 우리 동네에서 제일가는 부자인 최 부자네 집을 털고 싶네."

그러자 허풍쟁이 정 선달이 말했어요.

"나는 임금님이 계시는 궁궐에 가서 임금님 앉으시는 옥좌에 한번 앉아 보겠네."

불평 많은 임 진사도 한마디 보탰지요.

"나는 고약한 우리 동네 원님의 수염을 잡아당기고 뺨을 한 대 후려치겠네."

그러자 입 무거운 구 포졸도 한마디 했어요.

"저는 도적 소굴에 가서 도적들을 혼내 주고 싶어요."

그러자 점잖은 도 훈장도 한마디 했어요.

"허허허! 다들 그런 요행이나 생각하다니! 나는 도깨비감투 같은 건 탐나지 않네. 도깨비감투가 있든 없든 모름지기 사람이면 바르게 살아야 하는 법."

서당 훈장답게 옳은 소리를 하니 옆에서 몰래 듣던 도깨비도 고개를 끄덕였어요.

며칠 후, 도깨비가 도깨비감투를 쓰고 시장 구경을 나왔다가 배탈이 나서 산속으로 허겁지겁 돌아가던 길이었어요.

"도깨비감투를 썼으니 아무 데서나 똥을 싸도 상관없겠지?"

도깨비는 급히 풀숲으로 뛰어들어 가 똥을 누었어요. 늘어진 나뭇가지에 도깨비감투가 걸려 벗겨진 줄도 몰랐지요.

집으로 돌아온 도깨비는 뒤늦게 도깨비감투를 잃어버린 것을 알았어요. 똥을 누었던 곳으로 허겁지겁 달려갔지만 그사이 도깨비감투는 감쪽같이 사라지고 없었어요.

그날 밤부터 동네에는 소란스러운 일들이 생겼어요. 첫날에는 서낭당 제사 음식이 사라졌고, 둘째 날에는 최 부자네 제사음식도 맛난 것만 쏙쏙 골라 사라졌지요. 셋째 날에는 환갑잔치 음식이 사라졌어요.

"정말로 귀신이 곡할 일이네……."

며칠 뒤는 심 부자네 제삿날이었어요. 여러 사람이 방 안에 모여 있는데, 글쎄, 방 안에 붉은 점 하나가 나타나 왔다 갔다 하더니 제사상에 놓인 고기 한 접시가 사라졌어요.

사람들이 수군거리는 말을 들은 도깨비는 무릎을 탁 쳤어요.

'오호라! 내 도깨비감투를 가져간 사람이 음식 도둑이 되었구나.'

고기가
사라졌다!

이틀 뒤에는 구 포졸 집에 제사가 있었어요. 도깨비는 도깨비감투를 가져간 사람이 거기에도 올 거라 생각하고 미리 가서 천장 대들보에 앉아 있었지요.

아니나 다를까, 제사를 막 지내려는데 붉은 점이 나타나 왔다 갔다 했어요. 구 포졸은 도둑 잡는 포졸답게 몽둥이를 들고 붉은 점을 힘껏 내리쳤어요.

그러자 "어이쿠!" 소리가 나더니, 점잖은 도 훈장이 머리를 부여잡고 데굴데굴 구르고 있었어요. 알고 보니 동네에서 가장 유식하고 점잖은 척하던 서당 훈장님이 음식 도둑이었던 것이지요.

"도 훈장이 음식 도둑이라니!"

사람들은 모두 깜짝 놀랐어요.

이야기를 들어 보니, 도 훈장은 며칠 전 풀숲에 떨어진 도깨비감투를 주웠다고 했어요. 머리에 쓰고 보니 그림자가 사라지고, 물속에 비춰 봐도 자기의 모습이 보이지 않더랍니다.

"오호라, 이것이 틀림없는 도깨비감투렷다."

도 훈장은 시험 삼아 도깨비감투를 쓰고 이 집 저 집 제사 음식을 훔쳤어요. 도깨비감투 끝이 닳아서 붉은 점이 보이는 것도 모르고 집집마다 다니다 그만 꼬리가 밟히고 만 셈이지요.

사람들은 도 훈장이 머리에 썼다던 도깨비감투가 어떻게 생겼는지 보자고 했지만 아무리 둘러보아도 도깨비감투가 보이지 않았어요. 대들보 위에서 보고 있던 감투 주인이 어수선한 틈에 뛰어 내려와 감투를 주워 쓰고 달아났거든요.

최 선생 강평

우스운 도깨비감투 이야기에 송곳같이 찌르는 교훈이 들어 있군요. 감투는 옛날에 벼슬이나 직위가 있는 사람들이 쓰는 의관 중 하나예요. 벼슬이나 높은 직위가 가지는 위세를 의미하기도 했지요. 감투만 쓰면 만사형통이라 생각하는 사람이 있었기에 '도깨비감투' 같은 이야기가 널리널리 퍼져 나가기도 한 모양이에요. 사람에게는 착하고 성실하게 살려는 착한 반쪽이 있고, 잘못된 방식을 써서라도 욕심을 채우려는 나쁜 반쪽이 있어요. 도깨비감투를 쓰고서 눈에 보이지 않는다고 못된 짓을 하면 결국 꼬리가 밟힌다는 교훈은, 감투를 썼다고 교만하거나 위세를 부리는 것을 경계하는 이야기이기도 해요.

도깨비는
수수께끼 마니아

백 번 천 번 해도
수수께끼는 재미나지!

도깨비는 꾀가 없고 미련하다고 하는데, 어찌 된 일인지 수수께끼를 좋아한다고 해요. 알쏭달쏭 수수께끼는 두뇌 회전이 빠르고 순발력이 좋아야 답을 제각제각 말할 수 있어요. 가령 "추울 때 찾는 끈은?"(따끈따끈), "들어갈 때는 구멍이 하나인데, 나올 때는 구멍이 둘인 것은?"(바지), "먹으면 죽는데 안 먹을 수 없는 것은?"(나이) 같은 수수께끼가 있어요.

백 번 천 번 해도 재미나는 게 바로 수수께끼예요. 알 듯 말 듯, 머리를 쥐어짜다 불현듯 답이 떠오르는 그 순간, 그 쾌감이 얼마나 큰지 여러분도 알 거예요. 그러고 보면 여러분과 도깨비들이 공통점이 하나 있네요.

도깨비 이야기를 보면 수수께끼 내기를 해서 이긴 적이 거의 없는 것 같은데, 도깨비들은 사람들을 만나면 무작정 수수께끼 내기부터 하자고 해요. 사실 수수께끼는 답을 알아맞히든 알아맞히지 못하든 재밌긴 해요. 도깨비들이 수수께끼 마니아인 것도 그 때문이겠죠?

옛이야기 속 K-도깨비
도깨비터와 수수께끼 내기

옛날 옛적 전라도 어딘가에 '도깨비터'라고 알려진 곳이 있었어요. 도깨비터에 집을 지으면 천석꾼 부자가 된다는 소문이 있어서, 어떤 사람이 비싼 돈을 주고 그 터를 산 뒤 집을 지었지요. 그런데 집을 지어 이사를 하자마자 하루 만에 집이 폭삭 무너지고 말았어요. 다른 사람이 터를 사서 집을 지어도 마찬가지였어요. 이사를 하자마자 하루 만에 집이 무너졌지요. 아무리 튼튼하게 지어도 마찬가지였어요.

"도깨비터라더니, 도깨비가 장난이라도 치는 건가?"

집을 짓기만 하면 밤새 폭삭 무너져 버리니 얼마 뒤에는 거

저 준다고 해도 집을 짓겠다는 사람이 없었어요.

그러던 어느 날, 한 가난한 선비가 도깨비터에 집을 지었어요. 모아 둔 돈에 빚까지 내서 겨우 집 한 채를 지었답니다.

"이사를 하면 하룻밤 새 집이 무너진다고 하니, 오늘은 잠을 자지 않고 집을 지켜야겠다."

선비는 이사를 한 첫날, 안방에서 책을 읽으며 밤을 지새우기로 마음먹었어요.

밤이 깊어지자, 갑자기 구들장이 쿵쿵 울리고 지붕이 들썩들썩했어요. 그러더니 밖에서 요란스런 소리가 들렸어요.

"아니, 우리 집터에 누가 집을 지었지?"

"한동안 아무도 안 짓더니 어떤 간 큰 녀석이 지었담?"

"당장 허물어 버리자."

도깨비들이 찾아온 것이지요. 도깨비들은 들으란 듯이 더욱 크게 떠들었어요.

하지만 이대로 물러설 선비가 아니었어요. 빚까지 져서 집을 지었는데, 하룻밤 새 무너지게 둘 수는 없었어요. 선비는 문을 벌컥 열고 나가 고함을 질렀어요.

"이놈들, 여긴 내 집이다. 썩 물러가라!"

도깨비들은 선비의 기세에 화들짝 놀랐어요. 하지만 도깨비들도 그대로 물러설 수는 없었어요.

"여긴 도깨비터가 아니냐? 남의 터에 집을 지어 놓고 어디서 큰소리냐?"

"말도 안 되는 소리! 주인 없는 터에 내 집을 지었는데, 뭐가 잘못이란 말이냐?"

도깨비들과 선비는 한참 동안 입씨름을 하였어요.

"여긴 도깨비터다."

"여긴 내 집이다."

한치의 양보도 없이 입씨름만 하다 날이 샐 거 같았지요.

"좋다. 그러면 수수께끼로 승부를 가리자. 서로 수수께끼를 내서 못 맞히는 쪽이 물러나면 되겠다."

"좋다. 그렇게 하자."

도깨비들의 제안을 선비가 받아들였어요.

"우리가 먼저 문제를 낼 테니 잘 듣도록 하여라."

도깨비 대장이 첫 번째 수수께끼를 냈어요.

"여기에 있지만 눈에 안 보이는 것이 무엇이냐?"

선비는 답이 금방 떠오르지 않아 한참을 궁리했어요. 그때 어디선가 졸졸 계곡물 흐르는 소리가 들렸어요. 그제야 답을 알아챈 선비는 자신 있게 대답했어요.

"물소리다. 산중이라 물소리는 들리지만 눈에는 보이지 않으니 말이다."

"옳거니!"

도깨비 대장이 대답했어요.

"이번에는 내가 수수께끼를 내겠다. 이 수수께끼는 좀 어렵다. 아침에는 네 발, 낮에는 두 발, 저녁에는 세 발로 걷는 것은 무엇이냐?"

선비가 문제를 냈어요.

도깨비들은 서로 머리를 맞대고 답을 찾았어요. 잠시 뒤 도깨비 대장이 대답했어요.

"아침에는 네 발, 낮에는 두 발, 저녁에는 세 발로 걷는 것은 바로 사람이다. 태어나서는 네 발로 기고, 자라면 두 발로 걷고, 늙으면 지팡이를 짚으니 세 발이지."

도깨비들은 답을 맞히고 의기양양했어요. 아무리 어려워도 다 맞힐 태세였지요. 곧이어 도깨비들이 두 번째 수수께끼를 냈어요.

"어두우면 잘 보이고 환하면 안 보이는 것이 무엇이냐?"

선비는 얼른 답이 떠오르지 않아 머리를 쥐어뜯으며 하늘을 보았어요. 그러다 운 좋게도 답을 알아냈어요.

"밤하늘에 뜬 별이다."

"옳거니!"

도깨비 대장이 순순히 인정했어요. 간만에 상대가 되는 사람은 만나니 흥이 난 것 같기도 했지요.

"이번에는 내가 어려운 문제를 낼 테니 잘 들어 보거라."

선비의 말에 도깨비들은 신이 난 표정을 지었어요.

"어려울수록 재밌는 것이 수수께끼지. 뭐든 좋으니 얼른 문제를 내 보거라."

선비가 수수께끼를 냈어요.

"지금 내가 문턱에 한 발을 올려놓고 있는데, 나갈 것 같으냐, 들어올 것 같으냐?"

수수께끼를 듣고 도깨비들은 아리송한 표정을 지었어요. 나올 것도 같고, 들어갈 것도 같았으니 누구도 답을 내놓지 못했지요. 만약 도깨비들이 나올 것 같다고 하면 들어갈 것이고, 들어갈 것 같다고 하면 나올 것이니, 마땅한 답을 내놓을 수가 없었어요.

"이런이런! 도저히 못 맞히겠다. 우리가 졌다."

결국 도깨비 대장이 수수께끼 내기에서 졌다고 인정하며 두 손을 들었어요. 내기에서 진 도깨비들은 약속대로 집을 그대로 두고 모두 물러갔어요.

선비는 어떻게 되었냐고요? 도깨비터 소문이 사실이었어요. 도깨비터에 집을 지은 뒤로 일이 술술 풀려 벼슬에도 나가고 얼마 되지 않아 천석꾼이 되었답니다.

최 선생 강평

도깨비들에게 맞선 선비의 배짱과 용기가 대단하게 느껴져요. 저라면 머릿속이 하얗게 되었을 텐데 그 순간에도 수수께끼를 다 알아맞히고, 재치 넘치는 문제까지 내서 내기에서 이긴 걸 보니 놀라워요. 도깨비들이 우격다짐으로 선비를 내쫓지 않고 공평하게 수수께끼 내기를 해서 승부를 가리는 것도 의외예요. 어쩌면 도깨비들은 생각보다 반듯하고 공평한 것을 좋아하나 봅니다.

도깨비는 막강 파워

전국 팔도에 있는
도깨비보

도깨비들은 힘이 어마어마하게 세요. 집을 번쩍 들어서 동쪽 산에서 서쪽 산으로 옮겨 놓기도 하고, 강릉에 있는 산을 끌어다 속초에다 묶어 놓기도 할 정도예요. 마블 영화에 나오는 헐크보다 막강 파워를 지녔다고 할 수 있겠죠?

이렇게 막강한 힘을 가진 도깨비들이 우리 주변에 있다면 얼마나 좋을지 생각해 봐요. 어려운 일이 있을 때마다 나타나 도와주는 히어로가 있다면 어떨까요?

옛날에는 농사를 짓는 사람들이 많아서 마을마다 냇가에 보를 만들어 논에 물을 대곤 했어요. 냇물을 둑으로 막아서 물을 가두었다가 농사철에 쓰는 것이지요.

그중 '도깨비보'라고 이름 붙은 보가 곳곳에 있답니다. 힘이 센 도깨비들이 큰 바위를 번쩍 들어다 놓아서 튼튼한 보를 만들어 주었다는 이야기도 함께 전하지요. 마을의 풍년을 위해 정이 많은 도깨비들이 도와주길 바란 마음이 이야기로 만들어진 게 아닐까 싶어요.

도깨비보 쌓기

옛날 옛적 지리산 북쪽 기슭에 운봉이라는 곳이 있었어요.

하루는 운봉 사람들이 가물 때를 대비해 냇물에 열심히 보를 쌓고 있었어요. 농사짓는 데 쓰기 위해 둑을 쌓아 물을 가둬 두려는 것이었지요. 해마다 보를 쌓는 일은 무척 힘이 들었어요. 처음부터 튼튼하게 쌓으면 될 텐데 그렇지 못해서 매년 무너졌고 다시 쌓아야 했지요.

마침 냇물 가까운 곳에 도깨비들이 살고 있었어요. 그날도 해가 산등성이로 넘어갈 때까지 사람들이 보를 쌓고 있는데, 도깨비들이 찾아와 말했어요.

"보를 튼튼하게 쌓는 게 그리 어렵소? 우리는 훨씬 튼튼히 쌓을 수 있소만."

도깨비들은 힘이 세니 당연히 사람들보다는 훨씬 쉽고 빠르게 보를 쌓을 수 있을 거예요. 마을 촌장이 반기며 말했어요.

"그러면 우리 대신 보를 쌓아 줄 수 있겠습니까?"

"세상에 공짜가 있소? 보를 쌓아 주면 우리에게 무엇을 대접할 거요?"

도깨비 대장이 말했어요.

"뭐가 좋을까요? 도깨비들한테 돈은 필요가 없잖습니까? 언제든 도깨비방망이로 만들어 내니 말입니다. 집도 필요가 없을 테죠. 온 천하가 집이니까. 옷이 필요합니까? 하지만 사람처럼 멋을 부릴 일도 없으니 그것도 필요 없을 테고……."

"맞소. 우리는 돈이니 집이니 옷이니, 다 필요 없소. 도깨비들은 메밀묵을 좋아하니 메밀묵 한 통만 쑤어 주시오."

그러자 촌장이 고개를 끄덕였어요.

"메밀묵이라면 걱정 마십시오! 흉년 때마다 사람들이 주구장창 만들어 먹는 것이 메밀묵, 메밀국수 아닙니까? 지금 당장 마을에 가서 준비하겠습니다."

촌장은 이렇게 약속한 뒤 사람들을 데리고 마을로 달려갔어요. 얼마 뒤 운봉 마을 사람들이 동네에 있는 메밀을 다 모아다 큰 가마솥에 메밀묵을 가득 쑤어 가져왔어요.

도깨비들은 메밀묵을 보며 당장이라도 먹고 싶어 침을 꿀꺽 삼켰지요. 그때 도깨비 대장이 말했어요.

"우리가 열둘인데, 지금은 열한 명만 있구나. 토라지기가 어디 갔지?"

"일이 있어 경상도 영천 고을에 갔습니다. 오늘 온다고 하였으니 곧 오겠지요."

그러자 다른 도깨비가 한마디 했어요.

"토라지기가 올 때까지 기다린다고? 보도 쌓아야 하는데, 메밀묵은 언제 먹지?"

토라지기를 기다리자니 조급한 마음이 들었던 것이지요.

"토라지기가 삐치면 심통이 사나운데……."

"언제 올지 모르니 그냥 우리끼리 먹고 일을 시작하죠."

기다리자, 기다리지 말자, 패가 갈라지자 도깨비 대장이 결단을 내렸어요.

"그래. 토라지기가 없어도 우리 열한 명이면 보를 충분히 쌓

을 테니 우선 메밀묵을 먹고 보를 쌓자. 토라지기한테는 내가
말을 잘해 보겠다."

말이 떨어지기 무섭게 도깨비들은 달려들어 메밀묵 한 통을
순식간에 먹어 치웠어요.

"영차! 영차!"

열한 명의 도깨비들이 돌을 나르고, 윗돌, 아랫돌을 착착 맞추어 쌓았어요. 큰 바윗돌을 번쩍번쩍 드니 새벽이 밝기도 전에 보를 열한 자나 쌓았지요.

그때 영천에 갔던 토라지기가 돌아왔어요. 도깨비들이 토라지기를 환영하면서 영천에 갔던 일이 잘 되었는지 물었지요. 그러자 토라지기가 불만이 가득한 얼굴로 말했어요.

"흥! 영천에 사는 친구들이 보를 쌓는다고 도와달라고 하여 갔는데, 보를 다 쌓고 나서 내가 마지막으로 영천보가 튼튼하게 쌓아졌는지 확인하고 있는 중에 무슨 일이 있었는지 알아? 글쎄, 마을 사람들이 고맙다고 메밀묵을 쑤어 왔는데, 친구들이 내 몫을 남겨 두지 않고 다 먹어 버렸어. 얼마나 화가 났는지 몰라! 그런 대접이 어디 있겠어? 보를 팍 밀어뜨리고 싶었지만 분풀이는 순간이고 뒤탈은 오래간다는 생각이 나서 맨 위에 있는 큰 돌 하나만 발로 찼지."

쫄쫄 굶고 운봉까지 달려온 토라지기는 운봉에서도 마침 보를 쌓았으니 메밀묵이 있을 거라고 여겼어요.

"아, 배고프다. 메밀묵 남겨 둔 것 좀 가져와 봐."

하지만 다른 도깨비들이 메밀묵을 싹싹 먹어 치웠다는 말에

48

토라지기는 벌컥 화를 냈어요.

"영천에서도 못 먹고 운봉에서도 못 먹다니!"

토라지기는 그길로 열한 자 높이의 운봉보에 올라갔어요. 배도 고프고, 화도 머리끝까지 나서 보를 팍 무너뜨리려고 했지요. 하지만 토라지기는 마지막 순간에 정신을 차리고 맨 위에 있는 큰 돌만 발로 차 떨어뜨렸어요. 그리고 나서 친구들과 영영 안 볼 것처럼 토라져 버렸지요.

최 선생 강평

경상도 영천에 보를 쌓으러 달려갔다가 좋아하는 메밀묵도 못 얻어먹고, 전라도 운봉에 돌아와서도 메밀묵을 못 먹었으니 토라지기가 화를 낼 만도 해요. 하지만 마지막에 토라지기가 화를 참은 이유가 뭘까요? 도깨비들이 쌓은 보가 부실하면 도깨비 전체의 명예에 먹칠을 하는 일이니 참은 것이지요. 맨 위 큰 돌을 발로 찬 것도 다 이유가 있어요. 큰비가 와서 보 안에 물이 차오르면, 보가 무너질 수도 있는데, 물이 빠져나갈 물길이 나 있으면, 그리로 물이 빠져나가지요. 그러니까 토라지기가 발로 돌을 차서 만든 물길이 숨통을 틔워 주는 물길이었던 것이지요.

도깨비는
씨름 덕후

안다리, 바깥다리
씨름이 최고로 재밌지

도깨비들은 씨름을 아주 좋아해요. 밤중에 길목에 불쑥 나타나서 다짜고짜 씨름을 하자 말하기도 하고 자기들끼리 모여 몇 날 며칠 씨름 대회를 열기도 한다죠?

덩치가 씨름 선수만큼 크거나 비쩍 마르거나, 늙거나 어리거나 너도나도 씨름을 하려고 든답니다. 어떤 도깨비는 다리가 하나뿐이어서 껑충껑충 뛰면서도 씨름을 한다고 해요.

어떤 사람이 도깨비와 씨름을 했는데, 힘이 세서 좀처럼 승부가 나지 않다가 왼쪽 안다리를 걸자마자 휙 넘어가서 이겼다는 이야기도 꽤 유명하죠.

"김 서방, 나랑 씨름 한판 하세!"

으슥한 길을 가는데 누군가가 이렇게 말을 걸면, 의심을 해 봐야 할 거예요. 도깨비가 아닌가 하고 말이에요. 싫다고 해도 끈질기게 조를지 몰라요. 여러분이라면 어떻게 거절할지 한번 곰곰이 생각해 보세요.

김 서방, 씨름 한판 하세

옛날 어느 마을에 박 서방이 살았는데, 하루는 잔칫집에 갔다가 술에 잔뜩 취하고 말았어요. 밤이 깊어서야 잔칫집에서 일어난 박 서방은 비틀비틀 걸어서 집으로 향했지요. 달빛도 환해서 그럭저럭 걸을 만했어요. 그런데 언덕 고개에 다다랐을 때, 웬 덩치 큰 남자가 불쑥 튀어나와 말했어요.

"이보게, 김 서방, 나랑 씨름 한판 하세."

"나는 김 서방이 아니라 박 서방이오."

박 서방은 이렇게 대답하고 그냥 지나치려고 했어요. 밤도 늦었고, 술도 취해서 씨름을 할 생각이 없었거든요. 하지만 남자는 박 서방의 말을 못 들었는지 길을 막고 다시 말했어요.

"알겠네, 김 서방. 나랑 씨름 한 번 하면 길을 비켜 주겠네."

"아참, 고집이 보통이 아니로구먼. 나는 박 서방일세. 정 그렇게 씨름을 하고 싶다면 내가 상대를 해 주지. 이래 보여도 마을에서 힘이 세기로 둘째가라면 서러운 사람일세."

박 서방은 남자의 제안을 받아들였어요. 남자의 덩치가 컸지만, 술이 취해 배포가 생긴 덕분인지 이길 수 있겠다 싶었지요. 그렇게 해서 야밤에 박 서방은 처음 본 남자와 허리춤을 붙잡고 씨름을 하기 시작했어요.

'어이쿠, 힘이 장사네.'

아무리 힘을 줘도 남자가 딱 버티고 서서 꿈쩍하지 않자 박 서방은 속으로 깜짝 놀랐어요.

"김 서방, 힘을 주고 있는가?"

남자가 박 서방을 놀리기까지 했어요. 안다리, 바깥다리 다 걸어 보았지만 남자는 땅에 박은 기둥처럼 넘어뜨릴 수가 없었어요. 죽어라 용을 쓰는데, 문득 박 서방의 머릿속에 밤중에 도깨비들이 씨름을 걸어온다는 말이 생각났어요.

'도깨비라면 왼다리가 약점이라고 하던데.'

박 서방은 마지막 온 힘을 다하여 남자의 왼쪽 다리를 안다리로 걸었어요. 그러자 꿈쩍 않고 버티던 남자가 힘없이 획 넘어가는 게 아니겠어요?

박 서방은 또 씨름을 하자고 조를까 봐 남자를 칡넝쿨로 휘휘 감아 놓고 길을 계속 갔어요. 한참을 더 가서 고갯마루에 이르렀는데, 이번에도 한 남자가 나타나 말을 걸었어요.

"이보게, 김 서방, 반갑네. 나랑 술이나 한잔 하세."

박 서방은 마침 씨름도 해서 목이 마른 탓에 귀가 솔깃했어요.

"나는 박 서방이네. 술이라면 좀 당기네만."

"박 서방이든 김 서방이든 뭘 상관인가. 고개 아래까지 같이 가서 술 한잔 하세."

이렇게 해서 박 서방은 처음 본 남자와 길동무가 되어 고개 아래까지 함께 갔어요.

"근처에는 술을 마실 주막이 없는데, 어디 가서 마실 텐가?"

고개 아래까지 와서 박 서방이 물었어요.

"내가 좋은 데를 아니 따라오게."

박 서방네 마을이 코앞에 있는데 남자는 박 서방을 정반대 쪽으로 이끌었어요. 논둑과 밭둑을 지나 산속까지 갔지요.

“아니, 주막이 어디 있단 말인가? 여기로 가면 있긴 한가?”

박 서방은 슬슬 의심이 들었어요.

하지만 남자는 자기만 믿으라고 말하고 무작정 박 서방을 이 끌었어요. 그러다 보니 산을 통과하여 어느 물가에 이르렀어 요. 박 서방은 남자에게 벌컥 화를 냈어요.

“이보게, 나를 골탕 먹이려고 이런 곳까지 데려왔나? 여기 주막이 어디 있나?”

“어허, 나만 믿으래도.”

남자는 급기야 박 서방의 손목을 덥석 잡아 물속으로 들어갔 어요. 처음에는 무릎까지 차던 물이 배까지 차고 가슴까지 차 자, 박 서방은 덜컥 겁이 났어요.

‘이놈이 나를 죽이려 하는구나.’

박 서방은 겁이 나서 남자의 손을 뿌리치고 물가로 뛰쳐나왔 어요. 그리고 뒤에서 남자가 쫓아 나오자 남자의 배를 세게 걷 어찼어요. 그랬더니 남자가 팩 쓰러져서 일어나지 못했지요.

박 서방은 그렇게 남자를 뿌리치고 왔던 길을 걷고 또 걸어 아침이 되어서야 겨우 집에 도착했어요. 그러고는 아들에게 간밤에 겪은 일을 말했지요.

"일단은 무서워서 도망쳐 왔다만 죽었는지 살았는지 돌아가서 한번 확인해야겠구나."

"제가 같이 가 드리겠습니다."

아들이 듬직하게 말하니 박 서방도 용기가 나서 물가로 다시 가 봤어요. 그랬더니 남자는 없고 웬 절굿공이 하나가 놓여 있는 게 아니겠어요? 내친김에 고개까지 가 보니 칡넝쿨에는 빗자루 하나가 친친 감겨 있었어요.

"이제 보니 내가 어젯밤 도깨비를 만난 게로구나."

도깨비라는 것이 본래 빗자루나 절굿공이가 둔갑해서 사람 행세를 하고 다닌다더니 그 말이 맞았던 것이지요.

밤중에 도깨비를 만나 혼쭐이 난 박 서방은 그 뒤로 술을 취하도록은 마시지 않고 늦은 밤에도 다니지 않았답니다.

최 선생 강평

이제 보니 도깨비들이 박 서방의 나쁜 버릇을 혼내려고 찾아온 것 같아요. 도깨비들은 '김 서방'밖에 모른다고 하더니 박 서방을 다짜고짜 '김 서방'이라고 부르니 그것도 재미가 있네요.

도깨비는
메밀묵 킬러

메밀묵 하면 자다가도
눈이 번쩍!

도깨비는 음식 중에서도 메밀묵과 수수범벅, 술, 개고기, 돼지고기를 좋아한답니다. 특히 메밀묵은 전국 팔도 도깨비들이 다 좋아해요. 그래서 어부들이 배고사를 지내거나 화재를 예방하기 위해 도깨비고사를 지낼 때도 꼭 제사상에 메밀이 올라간다고 해요.

구황 식물인 메밀이나 수수는 척박한 땅에서도 잘 자라는 특성이 있는데, 우리 민족이 쌀 대신 주식으로 먹기도 한 음식이랍니다. 하얀 쌀밥은 없어서 못 먹고 메밀이나 수수로 겨우 허기를 때우던 사람들의 생활이 도깨비 이야기에 이렇게 스며들어 있다니 놀랍죠? 도깨비들과 우리 민족이 왜 하나로 이어져 있다고 하는지도 알 것 같아요.

메밀묵을 쑤어 도깨비들에게 가져다주고 복을 받았다는 이야기들이 많아요. 여기에는 어려운 형편에도 따뜻하게 인정을 나눌 줄 아는 우리 조상들의 마음을 칭찬하고 북돋으려는 생각이 고스란히 담겨 있답니다.

메밀묵을 명당으로 갚은 도깨비

옛날 옛적 어느 고을에 고 서방이라는 가난뱅이가 살았어요. 믿는 건 몸뚱어리뿐이라서 부인과 함께 죽어라 일을 하는데도 집안 형편이 펴지를 않았어요.

참다못한 부인이 하루는 고 서방에게 넌지시 말했어요.

"여보, 도깨비와 친해지면 부자가 된답니다. 도깨비들이 좋아하는 메밀묵을 쑤어 줄 테니 도깨비들이 모여 논다는 곳에 가서 친하게 지내자고 해 보세요."

부인의 말대로 고 서방은 메밀묵 한 통을 지게에 지고 도깨비들이 자주 모여 논다는 곳으로 가 보았어요.

"쿵쿵, 어디서 고소한 메밀 냄새가 나는걸!"

메밀묵 냄새를 맡자마자 도깨비들이 고 서방 주위로 우르르 모여들었지요. 메밀묵 하면 자다가도 벌떡벌떡 일어난다더니 정말이었어요.

"도깨비님들이 우리 마을을 지키느라 고생이 많으시니 고마운 마음에 메밀묵을 쑤어 왔습니다."

고 서방은 천연덕스럽게 말했어요. 틀린 말도 아니었지요. 도깨비들 덕분에 잡다한 귀신들이 얼씬도 못 했으니까요.

도깨비들은 고 서방이 나누어 주는 메밀묵을 실컷 먹고 돌아갔어요.

다음 날도 메밀묵을 쑤어 가니 도깨비들이 반갑게 고 서방을 맞았어요.

"오늘도 왔느냐? 그럴 줄 알고 우리도 기다리고 있었다."

그날도 도깨비들은 고 서방이 짊어지고 간 메밀묵을 실컷 먹고 기분 좋게 돌아갔어요.

그렇게 며칠 동안 부인은 부지런히 메밀묵을 쑤고, 고 서방은 열심히 메밀묵을 날랐지요.

며칠 후 도깨비 대장이 말했어요.

"고 서방, 이다음에 올 때는 아버지 유골도 가져오게. 우리가
보답하는 마음으로 좋은 명당을 찾아 묘를 써 주겠네."

예부터 조상의 묘를 명당에 쓰면 대대로 집안에 좋은 일이
생긴다는 말이 있었어요. 그래서 돈이 많은 사람들이든 가난
한 사람들이든 명당에 조상의 묘를 모시려는 사람이 많았어
요. 고 서방도 몹시 기뻤지요. 몸이 부서져라 일해도 집안이 펴

덩실

지 않았는데, 명당에 조상을 모시면 좋은 일들이 대대로 일어
날 게 틀림없었으니까요.

　다음 날 고 서방은 아버지의 유골과 메밀묵 한 동이를 지게
에 실었어요. 도깨비들에게 가져다주기 위해서였지요.

　도깨비들은 메밀묵을 맛있게 먹고 나더니 뚝딱뚝딱 상여를
만들어 유골을 모시고 명당이 있는 곳으로 걸어갔어요.

"어이, 어이, 어이!"

도깨비들은 사람들이 장례 지낼 때 하는 모양으로 상엿소리도 함께 불렀어요.

'어이' 한 번 하고 한 걸음을 떼면 십 리를 가고, 다시 '어이' 한 번 하고 한 걸음을 떼면 십 리를 갔어요. 고 서방은 뒤에서 상여를 멘 도깨비들을 부지런히 좇았지만, 한 걸음도 채 떼기 전에 상여를 놓치고 말았답니다.

"이런 낭패가 있나? 부인의 말을 듣고 도깨비들과 사귀었다가, 결국에는 아버지 유골도 잃어버렸구나. 이 일을 어찌하면 좋단 말인가?"

고 서방은 크게 낙심한 채로 집으로 터벅터벅 돌아왔어요.

그런데 그날 저녁 누군가가 찾아와 부르기에 문을 열고 나가니 도깨비 대장이 있었어요.

"자네 아버지를 명당에 모시고, 비석도 세우고, 상석도 놓고 하였으니 내일 날이 밝는 대로 찾아가 보게."

이튿날 날이 밝자마자 고 서방이 도깨비가 알려 준 곳을 찾아갔더니, 과연 묘를 큼직하게 잘 썼고, 비석도 세워지고, 상석도 놓여 있었어요.

이렇게 메밀묵으로 도깨비들과 사귀고, 좋은 명당까지 얻은 고 서방네 집안은 대대로 부자 소리를 들으며 잘 살았다고 합니다.

최 선생 강평

도깨비들이 메밀묵을 좋아한다는 걸 어떻게 알았을까요? 예부터 도깨비들과 친하게 지내면 좋은 일이 생긴다는 말이 있었는데, 고 서방도 도깨비들을 잘 대접해서 보답을 받았어요. 도깨비는 은혜를 안다더니 정말이군요. 도깨비들이 자기에게 잘해 준 사람에게 은혜를 갚듯이, 우리 사람들도 은혜를 입으면 갚는 도리를 배울 수 있기를 바랍니다.

도깨비는 기억력에 문제가 있다?

김 서방밖에 모르는 도깨비, 기억력 어쩔~

도깨비는 기억력이 썩 좋지 못해요. 그래서 사람들 성이나 이름을 제대로 기억 못 하고 누구를 만나든지 "김 서방, 오랜만이네.", "김 서방, 잘 있었는가?"라고 인사한다잖아요. 돈을 빌린 것은 기억하는데, 갚은 것은 기억 못 해서 매일 찾아와 돈을 갚는 것도 기억력이 안 좋아서예요.

힘도 세고, 도깨비방망이, 도깨비감투도 있고, 부족한 게 없는데, 딱 하나 기억력이 부족하다니 안타깝네요.

하지만 너무 완벽해도 다가가기 어렵다는 말이 있죠? 도깨비의 허술한 기억력이 매력일 수도 있다는 생각을 해 봐요. 그만큼 더 친근하고 인간적(?)인 매력이 있는 거죠. 도깨비들의 나쁜 기억력 덕분에 부자가 된 사람 이야기도 있는데, 이야기를 찬찬히 곱씹어 보다 문득 이런 생각이 들었어요. 도깨비들이 일부러 도와주려고 기억 안 나는 척을 하는 게 아닌가 하고요.

날마다 세 푼

옛날옛날 어느 한 마을에 가난한 나무꾼이 살았어요. 부모에게 물려받은 재산도 없고 가진 건 건강한 몸뚱이뿐이라 꼭두새벽부터 산에 올라가 나무를 한 짐 해서 장에 내다 팔아야 하루하루 먹고살 수 있었지요.

어느 날, 나무꾼은 점심도 굶고 부지런히 나무를 했어요. 지게를 지자 허리가 휘청거릴 정도로 묵직한 것이 장에 내다 팔면 꽤 받겠다고 생각했어요.

"세 푼에 나뭇짐을 다 넘기게."

운 좋게 약방 어른이 세 푼이나 주고 나뭇짐을 사 갔지요. 나무꾼은 주머니에 돈을 잘 챙겨 넣고 가볍게 집으로 향했어요.

"막내딸한테 콩엿이나 사다 줄까?"

마음은 굴뚝같았어도 꾹 참았어요. 한 푼이 궁한 살림이라 언제 돈이 필요할지 모르니까요.

날이 어둑어둑해져서 걸음을 재촉하는데, 동네로 들어서기 직전에 누군가가 앞을 턱 가로막았어요. 덩치는 산만 하고 얼굴은 우락부락하고 옷차림은 걸친 둥 만 둥 한 것이 도깨비가 틀림없었어요.

"김 서방, 돈 좀 꿔 주게. 세 푼 있는가?"

도깨비는 다짜고짜 나무꾼에게 돈을 꿔 달라고 했어요. 주머니에 딱 세 푼이 있는 걸 꿰뚫어 본 것처럼요.

"너를 뭘 믿고 돈을 빌려준단 말이냐?"

나무꾼은 도깨비가 무서웠지만 어깨를 딱 펴고 배짱 좋게 물었어요.

"내일 갚을 테니 걱정 말게."

도깨비가 약속했어요.

"그래. 도깨비는 약속을 지킨다 들었으니 내 믿어 보겠다."

나무꾼은 도깨비의 약속을 믿고 세 푼을 빌려주었어요.

집에 와서는 부인에게 잔소리를 한 바가지 들었지요.

"아니, 이 세상천지에 도깨비한테 돈을 빌려주는 사람이 어디 있소?"

밤새 바가지를 긁힌 나무꾼은 다음 날도 새벽같이 산에 가서 나무를 해야 했어요. 부지런히 나무를 했지만 그날은 좁쌀 세 주먹 겨우 벌어 돌아왔어요. 세 식구 한 끼는 먹을 정도였지요. 세 식구가 둘러앉아 저녁을 막 먹으려는 찰나였어요.

"김 서방 있는가? 돈 갚으러 왔네."

놀라서 달려 나가 보니 어제 나무꾼에게 돈을 꾸어 간 도깨비가 사립문 옆에 서 있었어요.

"어제 내가 꾸어 간 세 푼일세. 받으시게."

도깨비는 약속한 대로 돈을 갚고 돌아갔어요.

돈도 돌려받았겠다, 나무꾼은 그날 밤 편안히 잠이 들었어요. 그런데 다음 날 저녁 나무꾼이 식구들과 둘러앉아 저녁밥을 먹으려는데, 문밖에서 도깨비가 나무꾼을 또 불렀어요.

"김 서방 있는가? 돈 갚으러 왔네."

놀라서 달려 나가 보니 도깨비가 어제처럼 사립문 옆에 서 있었어요.

"어제 돈을 갚아 놓고 무슨 일로 또 찾아왔나?"

나무꾼이 놀라 물었어요.

"무슨 소리인가? 어제저녁 내가 돈을 빌렸고, 오늘 갚으러 온다 하지 않았는가?"

도깨비는 이렇게 말하면서 돈 세 푼을 놓고 돌아갔어요.

"저 도깨비가 어제 돈을 갚은 걸 까먹었나 보네."

나무꾼은 도깨비가 두고 간 돈을 챙겨서 부인에게 건네주며 말했지요. 그런데 다음 날 저녁 문밖에서 도깨비가 또 나무꾼을 불렀어요.

"김 서방 있는가? 돈 갚으러 왔네."

나무꾼이 황당한 표정으로 달려 나가니 도깨비가 어제처럼 세 푼을 건네며 말했어요.

"여기 어제 빌린 돈 세 푼일세."

그저께 돈을 갚은 것도 까먹고 어제 돈을 갚은 것도 완전히 까먹은 모양이었어요.

"어허! 이것 참!"

나무꾼은 난처한 표정을 지었지만 도깨비는 이미 바람처럼 사라지고 없었어요.

"김 서방 있는가? 돈 갚으러 왔네."

도깨비는 그다음 날도 찾아오고,

"김 서방 있는가? 돈 갚으러 왔네."

그다음 날, 그다음 날, 그다음 날도 계속 찾아왔어요.

그러면서 날마다 세 푼씩을 주고 갔지요. 그 덕분에 하루 벌어 먹고살기 바쁜 나무꾼네 형편이 점점 나아졌어요. 날마다 세 푼씩 공짜 돈이 생기니 차곡차곡 모아서 논도 사고 밭도 사 큰 부자가 되었답니다.

최 선생 강평

하루 종일 나무를 해서 번 세 푼을 꿔 달라는 말에 나무꾼이 도깨비의 약속만 믿고 냉큼 빌려준 게 놀랍네요. 사람도 아닌 도깨비한테 돈을 꿔 주었다고 밤이 새도록 부인에게 잔소리도 들었지요. 여러분이라면 냉큼 빌려줄 수 있었을까요? 하지만 도깨비는 약속을 잘 지켜요. 문제는 기억력이 많이 나쁘다는 것이지요. 날마다 찾아와 돈을 갚고 또 갚는 도깨비 덕에 나무꾼이 부자가 되었으니 좋은 일이라고 해야 할까요? 어쩌면 성실하고 착한 마음을 가졌지만 가난하여 고생하는 나무꾼이 안쓰러워 도깨비가 인심을 쓴 건지도 모르겠다는 생각이 드네요.

뛰는 도깨비 위에
나는 사람

도깨비들은 왜 사람들한테
맨날 골탕만 먹을까?

도깨비들은 순박하고 단순해서 사람들에게 자주 속는다고 해요. 나름 꾀를 쓴다고는 하는데, 도리어 사람들한테 맨날 당하기만 하니 심술이 날 만도 하지요.

도깨비 덕에 부자 된 사람들 이야기 중에는 약속을 잘 지켜서 복을 받은 사람들 이야기도 많지만, 도깨비를 속여 부자가 된 사람들 이야기도 꽤 많아요.

그런데 뛰는 도깨비 위에 나는 사람들 이야기를 보면 속아 넘어가는 도깨비들의 순진한 모습에 속상하기보다 웃음이 날 때가 더 많아요. 왜 그럴까요?

살아가다 보면 우리에게도 그런 일이 자주 일어나는데, 너무 속상해하거나 절망하지 말고, 씩씩하게 이겨 내라는 뜻이 이야기 속에 담겨 있기 때문이에요. 힘센 도깨비들도 당하는데, 우리라고 별 수 있나요?

도깨비가 가져다준 돈

옛날 어느 한 마을에 알뜰하기로 소문난 김 서방과 살뜰하기로 소문난 박씨 부인이 살았어요.

김 서방과 박씨 부인은 닮은 점이 몇 가지 있었어요. 우선 김 서방은 부인이 일찍 죽어 혼자 살고, 박씨 부인도 남편이 일찍 죽어 혼자 살고 있었지요. 또 둘 다 농사를 지었는데, 얼마나 알뜰살뜰했는지 다들 혀를 내두를 정도였지요.

어느 어스름한 저녁, 마을 옆으로 흐르는 냇물에 도깨비 둘이 내려와 놀았어요. 한 도깨비는 키가 꺽다리같이 크고 한 도깨비는 몸이 통통했어요. 도깨비들은 고기도 잡고 헤엄도 치면서 실컷 놀았어요. 그러다 보니 슬슬 지치기도 하고 배도 고 팠어요. 그래서 냇가 옆 낮은 언덕에 앉아서 잠시 쉬기로 하였 지요. 그때 꺽다리 도깨비가 말했어요.

"아, 배고프다. 누가 메밀묵 한 동이 쑤어다 주면 참 좋겠는 데 말이야."

그때 약속이나 한 듯이 언덕 동쪽에서 웬 남자가 냇가 쪽으로 걸어오고, 언덕 서쪽에서도 웬 여자가 걸어왔어요. 바로 김 서 방과 박씨 부인이었지요. 두 사람은 멀리서 꺽다리 도깨비의 말 을 듣고 다가와 말했어요.

"우리가 집에 가서 도깨비님들을 위해 메밀묵을 쑤어 오겠습 니다."

옛날부터 도깨비들을 잘 대접하면 좋은 일이 생긴다는 말이 있었기 때문에 김 서방과 박씨 부인은 냉큼 메밀묵을 쑤어 오 겠다 한 것이지요.

퉁퉁이 도깨비가 반가워하며 물었어요.

"고맙소. 이 마을에 사시오?"

"네, 저는 이 마을에 사는 김 서방입니다."

"저는 이 마을에 사는 박씨 부인입니다."

김 서방과 박씨 부인은 공손히 대답하고는 메밀묵을 쑤어 오기 위해 마을로 급히 달려갔어요.

그러고는 달이 휘영청 떠오르고 사방이 컴컴해졌을 무렵, 김 서방과 박씨 부인이 각자 메밀묵을 한 동이씩 쑤어 왔어요. 김 서방은 지게에 동이를 지고, 박씨 부인은 머리에 동이를 이고 왔지요.

"우아, 이게 얼마 만의 메밀묵이람!"

도깨비들은 두 동이나 되는 메밀묵을 게 눈 감추듯 맛있게 먹었어요. 그러고는 보답을 하고 싶다면서 갖고 싶은 게 있다면 말하라 하였지요.

"허리띠를 졸라매고 알뜰살뜰 살아도 집안이 힘드니 돈이 넉넉하면 걱정이 없겠습니다."

김 서방의 말에 박씨 부인도 고개를 끄덕였어요.

"돈이라면 우리가 구해다 줄 테니 집에 가서 기다리시오."

도깨비들의 말을 듣고 김 서방과 박씨 부인은 빈 메밀묵 동이를 들고 각자 자기 집으로 돌아왔지요.

그건 그렇고, 도깨비들이 돈을 어떻게 구할지 궁금할 거예요.

도깨비방망이가 있으니 돈을 뚝딱 만들어 낼 수도 있겠지만 두 도깨비는 김 서방과 박씨 부인에게 진짜 돈을 구해다 줄 생각이었어요.

도깨비감투를 쓰고 부잣집에 들어가 돈을 슬쩍 꺼내 와도 되겠지만 도깨비 세계에서 도둑질은 큰 벌을 받았어요. 도깨비 세계에서 쫓겨나 그야말로 허깨비가 되는 것이지요. 허깨비는 사람에게 해코지를 하거나, 못된 짓을 하고, 사람들 정신을 쏙 빼놓지만 도깨비들은 본래 그런 짓을 하지 않아요.

"어디 주인 없는 돈 없나?"

꺽다리 도깨비가 말하자 통통이 도깨비가 대답했어요.

"나는 주인 없는 돈이 어디 있는지 알아. 저기 바닷속에 난파선이 한 척 있는데 거기 돈 궤짝이 많다고 들었지. 주인이 없으니 그 돈을 가져다주면 되지 않을까?"

도깨비들은 서둘러 바다로 달려갔어요. 꺽다리 도깨비는 헤엄을 잘 치고, 통통이 도깨비는 힘이 장사라 물건을 잘 나르니, 난파선에 있는 돈을 두 궤짝이나 가져올 수 있었어요.

그렇게 해서 한 궤짝은 꺽다리 도깨비가 김 서방에게 가져다주고 또 한 궤짝은 통통이 도깨비가 박씨 부인에게 가져다주었지요.

"김 서방, 집에 있는가?"

김 서방에게 돈을 듬뿍 가져다준 꺽다리 도깨비는 김 서방과 자주 왕래하며 친하게 지냈어요. 도깨비들은 낮에 활동하기 어렵기 때문에, 주로 밤에 김 서방을 찾아가서 막걸리를 마시며 이야기를 나누었지요. 그러다가 김 서방이 돈이 떨어지면 다시 난파선에 가서 돈을 가져다주었어요.

한 3년은 그럭저럭 잘 지냈어요. 그런데 돈이 생기니까 김 서방이 일은 하지 않고 돈을 흥청망청 쓰기 시작했어요. 그리고 밤중에 자꾸 놀자고 찾아오는 꺽다리 도깨비도 귀찮아했어요.

"처음 마음과 나중 마음이 이리 달라서야. 이런 사람과는 친구를 할 수 없지."

꺽다리 도깨비는 괘씸한 마음이 들었어요. 그래서 김 서방네 집에 불을 지르고 훌훌 떠나 버렸답니다. 도깨비가 가져다준 돈으로 장만한 모든 것이 불에 타 버린 뒤 김 서방은 알거지가 되어 길에 나앉고 말았어요.

한편, 퉁퉁이 도깨비도 박씨 부인에게 돈을 넉넉히 가져다주고 사이좋게 지냈어요. 나중에는 혼자 사는 박씨 부인과 혼인하여 부부가 되기도 하였지요.

박씨 부인은 퉁퉁이 도깨비가 돈을 가져다주면 무조건 땅을 샀어요. 열심히 일하여 논에서 수확을 내자 박씨 부인은 금세 부자가 되었어요.

그렇게 3년을 그럭저럭 잘 지냈어요. 하지만 박씨 부인도 슬슬 꾀가 나기 시작했어요. 남편이 도깨비라 떳떳하게 자랑도 못 하니 혼자 사는 게 더 낫다 여겼지요.

하루는 박씨 부인이 남편 도깨비에게 아양을 떨며 물었어요.

"서방님은 힘도 세니, 못하는 것도 없고 무서운 것도 없을 것 같습니다만, 그래도 무서운 것이 하나 정도는 있겠지요? 호랑이나 곰, 귀신 같은 거요."

"하하하, 호랑이가 무엇이 무섭겠소? 바윗돌도 들어 옮기는데 호랑이쯤이야 한 손으로도 잡을 수 있지. 또 귀신은 우리랑 다를 바 없으니 무서울 것도 없지 않겠소? 사실, 딱 하나 무서운 게 있긴 한데, 당신에게만 말해 줄 테니 아무에게도 말하지 마시오. 힘도 세고 신통한 능력도 있지만 우리 도깨비들은 사실 말 머리와 말 피를 무서워한다오."

통통이 도깨비는 아무도 모르는 비밀을 박씨 부인
에게만 살짝 알려 주었어요.

다음 날 박씨 부인은 남편 도깨비를 영영 멀리 쫓
을 생각으로 말 머리와 말 피 한 통을 준비했어요. 말
머리는 사립문에 걸어 놓고 말 피는 동이째 들고 있
다가 도깨비가 찾아오자 확 뿌렸지요.

으
악

"으악!"

도깨비는 혼비백산하여 십 리 밖으로 도망을 쳤어요.

"두고 봐. 내가 가만있을 줄 알고?"

퉁퉁이 도깨비는 그날 밤 박씨 부인의 논에 자갈을 한 가득 뿌려 두었어요. 농사를 방해해서 박씨 부인을 가난뱅이로 만들 속셈이었지요.

그러자 박씨 부인이 들으라는 듯이 크게 소리쳤어요.

"어이쿠! 논에 자갈이 가득하네. 올해 농사는 풍년이 되겠구나. 냄새나는 똥을 뿌려 놓았으면 농사를 망쳤을 텐데, 천만다행이다."

그 말을 들은 퉁퉁이 도깨비는 다음 날 자갈돌을 다 골라내고 논밭에 개똥, 쇠똥, 말똥, 염소똥, 토끼똥, 닭똥…… 온갖 똥을 실컷 뿌려 두었어요.

"똥을 실컷 뿌려 두었으니 박씨 부인이 땅을 치며 울겠구나."

그리고는 한동안은 박씨 부인을 찾아가지 않았어요.

그런데 한참 뒤에 찾아가서 보니까 박씨 부인이 더 부자가 되어 있었어요. 퉁퉁이 도깨비가 논밭에 뿌린 똥이 거름이 되어 풍년이 든 것이지요.

화가 난 퉁퉁이 도깨비는 단단한 말뚝 네 개와 질긴 밧줄 한 타래를 장만하여 밤중에 논을 다른 데로 옮겨 놓으려고도 했어요. 논 네 귀퉁이에 말뚝을 단단히 박고, 말뚝에 밧줄을 걸어 단단히 묶은 뒤 힘껏 당겼지요.

"이엉차!"

하지만 논은 꿈쩍도 하지 않았어요.

밤새 실컷 힘만 쓰고 나서 퉁퉁이 도깨비는 결국 포기하고 돌아갈 수밖에 없었어요. 그러면서 은혜도 모르고 잔꾀만 많은 사람은 조심하자 다짐하고 또 다짐했지요.

최 선생 강평

김 서방과 박씨 부인은 처음에 좋은 마음으로 꺽다리 도깨비와 퉁퉁이 도깨비를 도왔고, 도깨비들도 보답하는 마음으로 돈을 가져다주었을 거예요. 하지만 돈이 많아지자 김 서방과 박씨 부인이 본래의 좋은 마음을 잃은 것이 안타깝네요. 거기다 도깨비를 배신까지 했지요. 도깨비들이 얼마나 실망했을지 짐작이 가요. 도깨비들을 속여 부자가 된 이야기는 참 많아요. 하지만 선한 마음을 잃어 벌을 받은 이야기도 많다는 사실을 꼭 기억하면 좋겠어요.

도깨비의
최대 약점을 찾아라

알고 보면
도깨비는 겁쟁이?

도깨비들은 말 머리와 말 피를 무서워해요. 캄캄한 밤에 활동하는 도깨비들은 어두운 기운(음기)이 있는 반면, 말은 밝은 기운(양기)이 넘쳐서 그렇대요. 육십갑자 중 일곱째 지지를 가리키는 '오(午)'는 동물로는 '말'을 가리키는데, '낮'이라는 뜻도 함께 가지고 있어서 밝은 기운을 가졌다고 하는 거예요.

도깨비들은 말과 관련된 것을 다 무서워해요. 앞에서 말한 말 머리, 말 피뿐만 아니라 '히이잉!' 하는 말 울음소리도요.

이 밖에도 도깨비들은 거울이나 버드나무 회초리를 무서워하고, 부싯돌에서 번쩍 튀는 불똥도 싫어해요. 길을 가다 왼쪽으로 자빠지면 그대로 죽는 줄 알고, 수탉이 우는 소리를 들으면 혼비백산이 된다고 해요.

반대로 물레나 다듬이 소리를 좋아하고, 비 오는 날을 좋아한다고 해요. 의외로 감성적인 부분이 있죠?

옛이야기 속 K-도깨비

인도깨비 사위

옛날 옛적 어느 마을에 한 가난한 영감이 살고 있었어요. 영감에게는 예쁜 딸이 하나 있었는데, 어느 날 웬 젊은이가 영감을 찾아와서 말했어요.

"영감님의 딸과 저를 혼인시켜 주면 마을에서 제일가는 부자로 만들어 주겠습니다."

부자로 만들어 준다니 귀가 솔깃할 수밖에요. 젊은이를 유심히 살펴보니 생긴 것도 반지르르하고 말하는 태도도 믿을 만했어요. 딸도 젊은이를 보고 볼이 발그레해지는 걸 보니 마음에 든 것 같았지요. 그래서 영감은 더 재고 말 것도 없이 처음

보는 젊은이를 바로 사위로 삼았답니다.

그런데 사위를 집안에 들이자마자 믿기 힘든 일이 펼쳐졌어요. 아침에 눈을 떠 나가 보면 사위가 약속한 것처럼 어디선가 볏섬을 지고 와 마당에 쌓아 두었던 것이지요.

영감은 좋아서 춤을 덩실덩실 추었어요.

"과연 우리 사위구나. 약속을 이리 잘 지키다니!"

그런데 이상한 일이 하나 더 있었어요. 사위가 낮에는 방에서 실컷 잠만 자고 저녁 무렵 일어나 밤이 되면 어딘가를 싸돌아다녔어요. 그리고 첫닭이 울고 날이 샐 무렵에야 집에 들어오곤 했지요.

"이보게, 밤마다 어디를 그리 다니는 겐가?"

어느 날 참지 못하고 영감이 사위에게 물었어요.

"친구 집에 가서 밤새도록 놀다 옵니다."

사위는 태연하게 대답했어요.

장가를 든 지 얼마 안 되었는데, 신랑이 밤마다 니돌아 다니니 딸도 속이 타기는 매한가지였어요. 영감은 사위가 수상했으나 집에 들어올 때마다 볏섬을 지고 오니 딱히 뭐라 할 수 없었어요.

그러던 어느 날 영감이 이웃 동네에 사는 친구를 찾아갈 일이 있었어요.

"거참, 이상하단 말이지. 들에 쌓아 둔 이 마을 볏섬을 밤마다 누가 훔쳐 가는데, 범인을 잡을 수가 없어."

친구의 말에 눈치 빠른 영감은 그 범인이 자기 사위라는 것을 알았어요.

'우리 사위가 낮에는 낮잠을 자고 밤마다 쏘다니더니, 여기저기 다니면서 볏섬을 훔쳐 오는 범인이었구나. 예로부터 사람으로 변한 인도깨비가 이런 장난을 친다고 하더니만, 내가 사람 사위가 아니라 인도깨비를 사위로 맞았구나.'

영감은 하루빨리 인도깨비 사위를 내쫓자 마음먹었어요.

집에 돌아온 영감은 저녁 무렵 느지막이 일어나 집을 나서려는 사위를 붙잡고 넌지시 물었어요.

"이보게, 사위. 모름지기 사람이 사는 데 돈보다 무서운 게 없다고들 하는데, 자네는 무엇이 가장 무서운가?"

"저는 말 머리와 말 오줌 그리고 개가 무섭습니다."

사위가 고민하지 않고 바로 말했어요.

사위의 말에 영감은 속으로 잘 되었다 생각했지요. 인도깨비 사위를 쫓아낼 방법을 알아냈으니까요.

영감은 사위가 밤에 집을 나간 사이 즉시 말 머리와 말 오줌통, 개를 구해 왔어요. 그리고 보란 듯이 말 머리는 대문에 걸어 놓고, 말 오줌은 집 여기저기에 뿌리고, 개는 마당에 매 두었지요.

날이 샐 무렵 집에 돌아온 사위는 화들짝 놀랐어요. 대문 한쪽에 집을 나설 때까지만 해도 없던 말 머리가 떡하니 걸려 있는 데다, 집안 곳곳에서 오줌 냄새가 진동하고, 마당에서도 개가 컹컹컹 사납게 짖어 댔거든요.

대문에서 멀찍이 도망친 사위는 화가 바짝 났어요. 장인을 믿고 무서워하는 것을 솔직히 말했는데, 배신을 당했으니 오죽하겠어요?

"괘씸한 인간들 같으니! 은혜를 이렇게 원수로 갚는단 말이지? 좋다. 그렇다면 나도 영감이 무서워하는 것을 구해다 혼쭐을 내 줘야겠구나."

다음 날 새벽 인도깨비 사위는 영감의 집 마당에 돈을 궤짝으로 가져다 뿌렸어요. 영감은 가만히 집 안에 앉아서 고래고래 소리를 질렀어요.

"아이쿠, 돈이구나! 아이쿠, 무서워라!"

그러고는 인도깨비가 떠나자마자 집안에 뿌려진 돈을 긁어 모아 논도 사고 밭도 사서 큰 부자가 되었다고 해요.

최 선생 강평

도깨비는 말 피, 말 머리, 말가죽이 무섭다고 하는데, 왜 그럴까요? 말은 한문으로 '마(馬)' 또는 '오(午)'로 표기해요. 이때 '오(午)'는 낮이라는 뜻도 있어요. 그러므로 '말'은 '낮'을 의미한다고도 볼 수 있지요. 피나 머리, 가죽은 생기가 가득한 '사람', 즉 밝은 기운(양기)을 뜻해요. 캄캄한 밤에 활동하는 도깨비는 어두운 기운(음기)이라서 밝은 기운을 가진 것을 두려워해요. 이야기에서도 도깨비를 배신하고 교묘하게 속인 사람들이 등장해요. 마지막에 배신한 사람들이 혼쭐이 나길 바라였을 텐데, 도리어 도깨비가 속아 넘어가는 게 안타깝네요. 밤에 활동하는 도깨비는 낮의 기운을 가진 사람을 당할 수 없다고 해석할 수도 있겠어요.

도깨비는
도덕 선생님

에헴~ 사람이라면
도리를 알아야 하는 법!

도깨비 이야기들을 살펴보면 도깨비가 의외로 도덕 선생님 같은 말을 할 때가 많아요. 임금에게 충성하고 부모에게 효도하고 형제들과 사이좋게 지내라고 하죠. 친구들과도 사이좋게 지내고 믿음을 저버리지 말라고 해요. 틀린 말은 없어요. 다 우리 잘되라고 하는 말이기도 하고요.

도깨비 이야기를 보면 착하고 효자인 사람은 복을 받고, 마음 나쁜 사람들은 벌을 받아요. 도깨비가 심판관 역할을 할 때도 많지요. 도깨비가 우리 민족과 오래오래 살아와서 그럴까요?

사람의 도리를 자꾸 강조하는 걸 보면 도덕 선생님이나 할아버지 같기도 해요. 잔소리처럼 들린다는 친구들도 있겠지만, 마음을 바로 하고 다시 귀를 기울여 들어 보세요. 수백 년 전에도, 요즘 세상에도, 그리고 먼 미래에도 우리 마음에 두고두고 새겨야 하는 바른말이라는 걸 깨닫게 될 거예요.

왕의 무덤을 지킨 도깨비

옛날 옛적 강원도 영월 고을에 나무꾼 김 서방과 이 서방이 살았어요. 추운 겨울이 되자 눈이 너무 많이 내리는 바람에 깊은 산골로 들어가 나무를 하기가 힘들었지요. 김 서방과 이 서방은 어디 가서 나무를 해야 하나 걱정했어요.

그때 김 서방이 무릎을 탁 치면서 말했지요.

"아, 좋은 생각이 났네. 멀리 나무를 하러 갈 필요 없이 가까운 장릉 소나무 숲에 가서 나무를 하세."

그 말에 이 서방은 약간 망설였어요.

"장릉은 단종 임금의 능인데 괜찮을까? 원님이 알면 큰 벌을

96

줄 텐데……."

그러자 김 서방이 말했어요.

"우리끼리만 소곤거린 소리를 누가 듣겠는가? 다른 사람 모르게 하면 되지. 내일 아침 일찍 장릉 소나무 숲에 나무를 하러 가세."

그러니까 이 서방도 좋다고 했지요.

두 사람은 막걸리를 한 잔씩 시원하게 걸치고 헤어졌어요.

그날 밤 도깨비들이 김 서방네 집으로 우르르 쳐들어왔어요. 김 서방은 드르렁드르렁 코를 골며 자다 누군가 문을 벌컥 열고 들어오는 소리를 듣고 화들짝 놀라 깼어요. 생김새가 우악스럽고 덩치도 산만 한 도깨비들을 보고 김 서방이 벌벌 떨면서 물었지요.

"누, 누구요? 이 밤중에 웬일로 찾아왔소?"

그러자 그중 한 도깨비가 씩 웃으며 말했어요.

"김 서방, 우리는 장릉 소나무 숲을 지키는 도깨비들이다."

김 서방과 이 서방이 내일 소나무를 베러 간다 하니 도깨비들이 몽둥이를 들고 혼내 주러 찾아온 것이었지요.

"너희 둘이 작게 소곤거린다고 아무도 모를 줄 알았느냐? 우리 귀는 아주 특별하여 목소리가 크든 작든 아주 잘 듣는다. 안타깝게 돌아가신 단종 임금의 무덤을 지키는 소나무 숲을 어찌 함부로 훼손할 마음을 먹은 게냐? 아무리 먹고살기 힘들어도 도리를 지켜야지."

도깨비의 말에 김 서방은 몸을 납작 엎드려 빌었어요.

"제가 어리석어 잘못 생각했습니다. 한 번만 봐주십시오."

"우리가 장릉을 밤낮으로 지키고 있는데 감히 나무를 도둑질하러 온다고? 오늘 너를 혼쭐내서 사람들이 소나무 숲에 다시는 얼씬거리지 않게 만들어야겠다."

그러고는 김 서방을 몽둥이로 사정없이 두들겨 팼지요. 김 서방은 몽둥이에 맞으며 고래고래 비명을 질렀어요.

"아이고, 아이고, 나 죽네! 도깨비가 사람 잡네!"

김 서방은 밤새도록 맞고 다음 날 끙끙 앓았어요. 장릉 숲에 나무를 하러 간다는 약속도 지킬 수 없었어요. 이 서방이 나무를 하러 찾아오자 김 서방은 밤중의 일을 말해 주었지요.

"그 도깨비들이 다음에는 자네를 찾아간다고 하더군."

이 서방은 자기도 몽둥이로 맞을까 봐 부들부들 떨었어요.

"아이고, 아이고, 도깨비들이 나를 혼내러 온다네. 이 일을 어쩌면 좋나."

김 서방은 도깨비몽둥이에 맞아서 아이고, 아이고, 이 서방은 도깨비가 휘두른 몽둥이에 맞지 않았는데도 아이고, 아이고, 앓는 소리를 냈지요.

그런 뒤에는 영월에 이런 소문이 돌았어요.

"장릉 소나무 숲은 도깨비가 지키고 있다네! 거기에 있는 나무를 베면 도깨비들한테 몽둥이찜질을 당한다네!"

이리하여 단종의 능 장릉이 지금까지도 온전히 지켜지게 되었지요.

최 선생 강평

영월 장릉을 둘러싼 소나무 숲에 이런 사연이 있었군요. 삼촌 수양 대군에게 죽임을 당한 단종 임금의 사연은 알고 있었지만, 도깨비들까지 그 무덤을 지키고 위한다는 이야기는 오늘 처음 들었어요. 도깨비들도 감복하여 이런 훌륭한 일을 한다는 데 감동을 받기도 했어요. 역사를 바로 알아야 후손들도 올바른 사람이 된다는 것을 모두 깨닫고 바른 도리를 행하는 사람들이 되길 바랍니다.

도깨비는
알고 보면 겉바속촉

은근 다정한 면이
있단 말이지

도깨비 말을 들으면 자다가도 떡이 생긴다는 말이 있어요. 한국 도깨비들은 가끔은 심술을 부리기도 하고 장난도 심하지만, 세상 돌아가는 일들을 다 꿰고 있어 사람들에게 도움을 줄 때가 많아요.

직접적으로 도움을 주기도 하지만 뒤에서 몰래 도와주기도 하니 요즘 말로 '겉바속촉' 같은 성향이 있지요. 부모의 병환으로 걱정하는 효자에게 영약을 구해 가져다주기도 하고, 마을에 홍수가 날까 봐 밤중에 마을로 들어서는 물꼬를 다른 방향으로 돌려 주기도 하고, 가난한 총각을 임금님의 사위로 만들어 주기도 하지요.

은근히 다정한, 이런 겉바속촉 같은 도깨비들이 우리 주변에 많으면 좋을 텐데요.

임금 사위가 된 총각

옛날 옛적 어느 동네에 나무를 해다 팔아서 늙은 부모님과 어린 동생들을 먹여 살리는 부지런한 총각이 살았어요.

하루는 깊은 산속까지 들어가 해 지는 것도 모르고 나무를 하다가 순식간에 어둑해지는 바람에 그만 동네로 내려가는 길을 잃고 말았어요. 한 치 앞이 안 보일 정도로 컴컴해서 총각은 덜컥 겁도 났어요.

"잠시 하룻밤 쉬어 갈 곳이 있으려나?"

그때 저 멀리 쓰러져 가는 낡은 집 한 채가 보였어요.

"옳지. 저 집에 들어가 하룻밤 자고 날이 밝으면 마을로 내려

104

가야겠다."

총각은 나뭇짐이 가득 쌓인 지게를 지고 그 집 대문을 열고 들어갔어요. 버려진 집이라서 그랬는지 주인장도 없고 썰렁하기가 그지없었지요.

"밤이슬을 피할 수 있으니 이만하면 썩 훌륭하지."

총각은 마루에 철퍼덕 누워 잠을 잤어요.

그런데 오밤중에 우당탕 소리가 나서 달게 자던 잠을 깨고 말았어요.

"집주인이 오는가 보구나. 허락도 받지 않고 들어온 걸 보면 화를 낼 테니, 일단 몸을 숨기고 있다가 집주인이 잠들면 조용히 나가자."

마침 대들보 위 공간이 있어 총각은 튀어 오르다시피 하여 그리로 올라가 몸을 숨겼어요.

그런데 대문으로 들어와 마루에 자리를 잡은 집주인을 보고 총각은 다시 깜짝 놀랐어요. 집 안으로 들어온 건 사람이 아니라 도깨비들이었기 때문이에요.

"아이쿠, 내가 도깨비 소굴에 들어왔구나."

총각은 심장이 벌렁벌렁했지만 최대한 기척을 숨겼어요.

그때 마루에 앉아 있던 한 도깨비가 말했어요.

"사람들은 참 바보야. 물이 말라서 고생하고 있는 앞마을 사
람들 좀 보라고. 마을 앞에 서 있는 큰 나무를 자르면 당장 물

이 콸콸 나올 텐데 그것을 모르고 있단 말이야."

그러니까 다른 도깨비가 말했어요.

"그러게 말이야. 내가 봐도 인간들은 참 멍청해. 건넛마을에 큰 바위가 있는데, 그 바위 밑에 황금이 있잖아. 매일 그 앞을 지나다니면서도 그걸 알아채지 못하고 허구한 날 가난하게 산단 말이야."

그러니까 다른 도깨비가 그 말을 받아서 말했어요.

"사람들은 한심해. 지금 이 나라 공주가 병이 나서 죽게 되었다고 야단이잖아. 궁궐 천장에 달린 대나무 통 안에 큰 지네가 숨어서 독을 내뿜는 줄도 모른다니까. 그 지네만 죽이면 공주의 병이 말끔하게 나을 텐데, 의원이고 정승 판서고 누구고 간에 다 그것을 모른단 말이야."

총각은 벌벌 떨면서도 대들보 위에서 도깨비들이 하는 말을 다 귀담아들었어요. 그리고 날이 밝아 도깨비들이 집 밖으로 나간 뒤에야 대들보에서 내려왔어요.

"큰 나무……, 큰 바위……, 대나무 통 안 지네……."

간밤에 엿들은 것을 잊어먹지 않게 다시 한번 읊은 총각은 첫 번째로 물이 말라서 고생한다는 앞마을을 찾아가 도깨비한

테서 들은 말을 전하여 주었어요.

마을 사람들은 처음에 주저했어요. 총각의 말만 믿고 큰 나무를 자르기가 조심스러웠거든요.

"제가 어제 도깨비들이 하는 말을 들었다니까요."

총각이 다시 이렇게 말하자 사람들은 그제야 나무를 자르기로 결정했답니다. 총각이나 도깨비들이 거짓말을 할 리가 없다고 생각해서였지요.

그런데 총각의 말대로 큰 나무를 잘랐더니, 정말로 물이 콸콸 솟았어요.

"자네 덕분에 큰 시름을 덜었네."

온 마을 사람들이 고맙다고 총각에게 인사했어요.

두 번째로 총각은 건넛마을에 가서 큰 바위를 들어 올리고, 그 밑에 있는 황금을 꺼내 왔어요. 그리고 황금을 팔아 그 돈을 가난한 사람들에게 고루 나누어 주었지요.

세 번째로는 임금님이 계시는 궁궐을 찾아가 당당히 말했어요.

"상감마마, 공주님의 병을 제가 고치겠습니다."

이름도 없고 가문도 없는 변변찮은 총각의 말을 누구도 믿지 않았지만, 하루하루 죽어 가는 공주의 병세에 임금님이 허락을 했어요. 지푸라기라도 잡고 싶은 마음이었을까요? 아니면 총각이 너무 자신만만해서 믿고 싶었을까요?

임금님이 허락을 하자 총각은 즉시 궁궐 천장에 있는 대나무 통을 떨어뜨렸어요. 그러고는 대나무 통에서 지네가 기어 나오자 작대기를 힘껏 내려쳐 죽였지요.

독을 뿜던 지네가 죽자 오늘내일 죽을 동 말 동 하던 공주는 병이 싹 나아 자리에서 벌떡 일어났어요. 임금님은 크게 감격해 더 재고 말 것도 없이 바로 총각을 사위로 삼았어요. 이렇게 도깨비 덕분에 나무꾼 총각은 임금님의 사위가 되었답니다.

최 선생 강평

나무꾼 총각이 도깨비 덕분에 공주와 혼인을 하였다는 이야기가 참 재미있어요. 고을과 나라에 어려운 문제가 생긴 것을 도깨비의 도움을 받아 해결하였다는 이야기인데, 가난한 시골 나무꾼이 이런 중대한 문제를 해결하기가 쉽지는 않지요. 그러나 선량하고 성실한 마음을 가지고 있었기에 도깨비들이 일부러 해결 방법을 귀띔해 준 게 아닐까 싶어요.

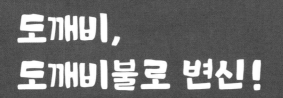

도깨비,
도깨비불로 변신!

깊은 산속에서 푸르스름한 불빛이 보인다면?

도깨비불은 보통 밤중이나 비가 부슬부슬 내리는 날에 나타난다고 해요. 산속이나 공동묘지에서 주로 나타난다고 하는데, 바다에서도 가끔 나타난다고 해요.

푸르스름한 색을 띠고 있으며 왔다 갔다 날아다니거나 두 개, 세 개 늘어나기도 하고, 뱅글뱅글 돌기도 한답니다.

과학적으로 송진이 내는 빛이라고도 하고, 공기 중에서 인*이 타는 것이라고도 하지만 정확하지는 않아요.

도깨비불이 풍년을 가져온다고 믿는 사람들도 있어요. 도깨비불이 비를 몰고 온다고 여겼고, 비가 내리면 농사도 잘 된다고 믿었지요. 해 지기 직전 초저녁에 뚝방길에서 도깨비불들이 날아다니다가 어느 집 쪽으로 쑥 날아가면 그날 밤 그 집에서 누군가 죽는다는 이야기도 있어요.

* 동물의 뼈, 인광석 등에 많이 들어 있는 물질이에요.
　어두운 곳에서 빛을 내고, 공기 중에서 쉽게 점화된다고 해요.

옥천군수를 살려 준 도깨비

옛날 옛적 서울에 이 정승이라는 사람이 살았어요. 이 정승에게는 세 아들이 있었는데, 첫째 아들과 셋째 아들은 그런 대로 과거에도 급제하고 자기 몫을 하는데, 둘째 아들은 속을 꽤 썩였어요. 과거에도 세 번이나 낙방하여 네 번째 겨우겨우 합격했는데, 집에서 뒹굴뒹굴하기만 하고 통 일을 하려고 하지 않았거든요.

"둘째는 성질이 고약하고 착실하지도 않으니 어떻게 하면 정신을 차리고 살게 할꼬?"

이 정승은 둘째 아들을 볼 때마다 한숨을 푹푹 내쉬었어요.

마침 옥천이라는 곳에 군수 자리가 비었다는 말이 들려왔어요. 어찌 된 일인지 옥천에 부임을 간 군수들이 3일 만에 영문 없이 죽어 나가는 바람에, 군수로 가겠다는 사람이 아무도 없 다고 했지요.

이 정승은 둘째가 서울에서 말썽만 부리고 밥값 못 하니 옥천에 가서 제대로 정신을 차리고 일하길 바랐어요. 그래서 둘째를 불러 물었어요.

"둘째야, 옥천군수로 가려느냐? 네가 가고자 한다면 내가 임 금님께 추천을 드려 보마."

"예, 가겠습니다."

둘째는 주저하지 않고 냉큼 대답을 했어요. 서울에서 부모님 눈치만 보고 답답하게 사느니 옥천에 가서 하고 싶은 대로 하 며 살고 싶었거든요.

사실 둘째는 겉으로 보기에는 성질이 고약하고 착실하지 않 은 듯했지만, 반대로 보면 의협심도 있고 활달하여 사람들과도 잘 사귀었어요. 또 웬만한 일에는 겁을 먹지 않을 만큼 큰 배짱 도 있었어요.

얼마 뒤 둘째는 옥천군수로 부임하게 되었어요. 다른 때 같으면 아버지 덕분에 군수 자리를 얻었다 욕을 먹을 수도 있었지만 옥천군수 자리는 누구도 가려 하지 않아서 둘째가 간다 하니 오히려 환영을 받을 정도였지요.

"옥천에 가면 정신 똑바로 차리고 살아야 한다. 옥천군수가 영문도 모르고 죽는다는 소리가 있다만 네가 정신만 차린다면 더 험한 곳에서도 살아남을 수 있을 게다."

옥천으로 내려가는 날, 이 정승이 둘째를 불러 신신당부를 했어요. 아무리 골칫덩이라고 해도 아들이 사지나 다름없는 곳으로 간다니 속으로는 걱정이 많이 되었지요.

"아버지, 걱정 마십시오. 제가 아버지 명성에 누가 되지 않도록 어진 군수가 되겠습니다."

새 출발을 하는 둘째의 마음가짐도 남달랐지요. 이렇게 하여 둘째는 하인 하나 거느리지 않고 괴나리봇짐만 덜렁 메고 혼자서 옥천으로 향했어요.

옥천에 들어서기 직전에는 산을 하나 지나야 했어요. 그런데 산에 들어서자마자 날이 저물고 말았어요.

"어허, 어두워 길이 하나도 보이지 않으니 큰일이네."

둘째는 방향을 잡지 못하고 이리저리 헤맸어요. 그때 저 멀리 반짝반짝 작은 불빛 하나가 보였어요.

"이 산속에 웬 불빛이지?"

둘째는 푸르스름한 불빛을 향해 터벅터벅 걸었어요. 한참 불빛을 쫓아가는데, 눈 깜빡할 사이에 불빛이 눈앞에서 사라져 버렸어요.

"아니, 어디로 갔지?"

둘째가 당황하여 불빛을 찾아 두리번거리니 이번에는 동쪽에서 불빛이 나타났어요.

"그것 참 이상하다."

동쪽으로 방향을 틀어 불빛을 한참 쫓아가는데, 이번에는 하나로 보이던 불빛이 두 개, 세 개, 네 개로 늘어나더니 쥐불놀이할 때처럼 빙빙 돌기 시작했어요.

"오호라. 저게 말로만 듣던 도깨비불이구나."

둘째가 눈을 비비고 다시 보니 눈앞에 빈집이 하나 있고, 그 지붕 위에서 도깨비불이 빙빙 돌고 있었어요.

"옥천 도깨비들이 나를 이곳으로 불러들인 게로구나."

둘째는 일단 그 집에 들어가서 잠을 자기로 했어요. 보통 사

지만 둘째는 담력이 있다 보니 쿨쿨 잘도 잤답니다.

한창 신나게 자고 있는데 그 집에 도깨비들이 쳐들어오듯이 우르르 들어왔어요.

도깨비 대장이 잠자고 있는 둘째를 보고, 부하 도깨비들에게 말했어요.

"도깨비 집에 들어와 저리 태평하게 잠을 자다니! 이번에 새로 부임하는 옥천군수는 배짱이 아주 두둑하구나. 부임하는 군수마다 죽어 나간다는데, 이 정도 담력이라면 살아남을 수도 있겠다."

도깨비 대장은 둘째를 깨워서 죽지 않고 살아날 방도를 알려 주었어요.

"가자마자 죽지 않으려면 우리의 말을 잘 들으시오. 먼저 큰 집게를 준비해 가져가시오. 첫날 밤 집 대들보에서 지네가 내려올 것이니, 그 집게로 집어 기름 가마에 넣으시오. 또 성안에 있는 큰 배나무에 몹쓸 뱀이 살고 있는데, 다음 날이 되면 그 뱀이 나와서 군수를 잡아먹으려 할 거요. 그전에 배나무 옆에 억새와 볏짚을 높이 쌓은 뒤 불을 붙이면 뱀이 나오지 못하고 죽을 거요. 그런 뒤 그날 저녁에는 조짚을 미리 준비하여 옆집 부엌 아궁이에 갖다 두고 구들장도 뜯어 놓으시오. 한밤중에 무당이 옆집 방 안에서 굿을 할 거요. 그러면 가서 방문을 밖에서 잠그고 부엌 아궁이에 불을 붙여 때야 하오. 구들장을 뜯어 놓았으니 연기에 질식해 무당이 죽을 것이오."

"아니, 어찌 죄 없는 무당을 죽이라 합니까?"

둘째가 고개를 갸웃하며 물으니 도깨비 대장이 말했어요.

"평범한 무당이 아니라 꼬리가 아홉 달린 구미호올시다."

새로 온 군수를 죽이려고 산에서 내려온 구미호가 무당으로 둔갑하여 유인하는 것이라 했지요.

"우리 말을 꼭 명심하시오. 첫째 날, 둘째 날 운 좋게 지네와 뱀을 물리친다 하더라도 셋째 날 새벽 구미호는 피하기 어려울 것이오."

"고맙습니다. 꼭 명심하겠습니다."

둘째는 도깨비들에게 고마워하며 엎드려 절을 했어요. 속으로는 '도깨비들이 이런 좋은 일도 하는구나.' 하고 감탄을 했지요.

그러자 도깨비 대장이 마지막 당부를 했어요.

"옥천군수로 가거든 불안에 떠는 백성을 안정시키고 잘 보살펴 주시오."

도깨비들을 통해 비책을 얻은 둘째는 다음 날 산을 내려가 무사히 옥천군수로 부임했어요.

첫날 밤, 아니나 다를까, 둘째가 자는 방 대들보에서 팔뚝 굵기의 왕지네가 기둥을 타고 내려왔어요. 그러자 둘째는 미리 준비한 큰 집게로 왕지네의 머리를 꽉 집어 기름 가마에 넣어 죽였어요.

다음 날 낮에는 성안 배나무 꼭대기에 있던 뱀을 억새와 볏짚을 태워 죽였지요.

그러고는 옆집 부엌 아궁이에 조짚을 미리 가져다 두고 구들장을 뜯어 놓았어요.

한밤중, 둥둥둥 굿하는 소리가 들리자 둘째는 몰래 옆집으로 들어가 밖에서 방문을 걸어 잠갔어요. 그러고는 부엌으로 들어가 아궁이에 불을 피웠지요. 구들장이 뜯어져 있어 연기가 방 안에 가득 차자 구미호는 새벽이 되기도 전에 숨이 막혀 죽고 말았답니다.

사흘째 되는 날, 신임 군수의 관을 미리 짜 온 아전들은 멀쩡히 살아 있는 군수를 보고 깜짝 놀랐어요. 죽은 줄 알았던 군수가 멀쩡히 살아 있었으니 놀랄 수밖에요. 애써 짜 온 관도 쓸모가 없게 되었지요.

이렇게 도깨비 덕분에 목숨을 건진 둘째는 옥천군수가 되어 고을에 평화를 가져왔어요. 백성들은 더는 불안해하지 않고 군수를 믿으며 오래오래 행복하게 살았다고 해요.

최 선생 강평

도깨비들도 고을에 좋은 군수가 부임하여 백성들을 편안하게 돌보길 바랐나 봐요. 그래서 도깨비불로 둘째를 유인하여 담력을 시험하고 살아남을 비책을 알려 준 것이지요. 도깨비들에게 홀려 죽을 뻔한 사람들 이야기도 있지만, 이 이야기에 나오는 도깨비들은 고을이 평화롭고 백성들이 안심하고 살 수 있도록 도와주는 고마운 존재들로 그려져 있어요. 특별히 둘째를 도와준 건 아버지 이 정승도 잘 모르는 둘째의 비범함을 알아보았기 때문이지 않았나 싶어요.

이야기를 마치며

도깨비 이야기는 결국 우리나라 사람 이야기라고 할 수 있어요. 우리나라 사람들이 좋아하는 것을 도깨비도 좋아하고, 우리나라 사람들의 특성이 도깨비의 특성으로 나타나기도 하지요.

도깨비 이야기는 재미도 있고 교훈도 있어요. 그래서 각 고을마다 도깨비 이야기들이 끊어지지 않고 입에서 입으로 수백 년 동안 전해져 내려오는지도 몰라요.

과학이 발전하고 도깨비를 안 믿는 친구들도 많지만, 이야기 속에 담긴 바른 마음과 교훈은 과학이 발전하고 새로운 기계들이 쏟아져 나와도 우리 친구들 마음에 새겨져야 할 소중한 가치랍니다. 우리 친구들도 이를 알고 이 책에 나오는 도깨비들과 좀 더 친해지면 좋겠어요.

엉뚱발랄 개성만점
우리 도깨비

초판 1쇄 인쇄 2025년 1월 10일
초판 1쇄 발행 2025년 1월 17일

글 | 최래옥
그림 | 송진욱
펴낸이 | 한순 이희섭
펴낸곳 | (주)도서출판 나무생각
편집 | 양미애 백모란
디자인 | 박민선
마케팅 | 이재석
출판등록 | 1999년 8월 19일 제1999-000112호
주소 | 서울특별시 마포구 월드컵로 70-4(서교동) 1F
전화 | 02)334-3339, 3308
팩스 | 02)334-3318
이메일 | book@namubook.co.kr
홈페이지 | www.namubook.co.kr
블로그 | blog.naver.com/tree3339

ISBN 979-11-6218-337-3 73810